生若冬花的妳

こがらし輪音
Waon Kogarashi

輕文學
Light Literature

CONTENTS

彩色的世界

藍天下，北風冷得滲進骨子裡。

這天，我同樣板著臉孔坐在公園的長椅上。最近的天氣一天比一天冷，幾乎看不到小孩子在戶外玩耍，但這樣的靜謐反倒讓我感到自在。

我手上拿著素描簿與鉛筆，看著視野裡的樹木、遊樂器材與房舍等等，看到什麼就隨手畫在白紙上。

其實我沒有特別喜歡畫畫，單純是為了打發時間。畢竟我沒有親密的朋友，也沒辦法出外遊玩、奔跑走跳，只找得到這件事可做。而且要是待在家裡，家人的過度關心總讓我既感激也困擾。

忽然「啪」的一聲鉛筆芯斷裂，我的注意力也隨之中斷。

本來在忘我境界中不停舞動著的鉛筆因此停了下來。

「……我在幹什麼啊。」

放下鉛筆後，我發出嘆息。

這種圖畫再多也毫無意義。因為畫得比我要好的人在這世上多得是。我既不會拿給任何人看，也不會把畫留給後世的人，更別說是當畫家了。

儘管有帶備用的鉛筆，但一意識到此刻的行為有多麼空虛以後，就再也沒有心情繼續畫了。我忽然感到非常煩躁，用筆芯斷掉的鉛筆對著風景畫亂塗一通，接著準備離開公園。

就在這時候，我才發現有個小女孩站在坐著的我面前。

「大姊姊。」

眼前的小女孩比今年小學五年級的我還要小。可能是看到了我剛才在畫風景，她的雙眼閃閃發亮。

「請問妳是畫家嗎？」

——怎麼可能啊。

剛剛湧現的想法再次閃過腦海，我一陣心浮氣躁。

本想馬上否定，但煩亂的心情讓到了嘴邊的回答一百八十度轉彎。

「呵呵，對啊。也沒什麼好隱瞞的，其實我是非常厲害的畫家喔！」

我只是一時興起想捉弄這個小女孩，並沒有更多的想法。但是，利用天真無知的小女孩來宣洩自己心中的不平，這個事實還是讓我有點心虛。

然而我隨口瞎說以後，小女孩的臉龐卻猛然發亮，彷彿剛睜眼的雛鳥認定了我是母親一樣，親暱地往我靠過來。

「好厲害喔！大姊姊，既然妳是很厲害的畫家，那也替我畫張畫像吧！」

「咦～……」

老實說，有夠麻煩。更何況現在待在外面也越來越冷了。

我露骨地讓不情願表現在臉上，但小女孩好像已經打定了主意要請我畫。她興奮地不停吐出白氣，小臉寫滿期待。

「真拿妳沒辦法。那我就特別為妳畫一張吧。」

——隨便畫一畫，今天就回家吧。

畢竟我才剛謊稱自己是畫家，實在很難開口說自己不想畫或畫不出來，再加上心裡也有一絲絲欺騙了小女孩的罪惡感。

不得已下我拿出備用的鉛筆，畫起小女孩的畫像。看著在我手中靈活舞動的鉛筆，小女孩的表情就像萬花筒般千變萬化。

花了幾分鐘的時間畫好後，我利用撕斷線撕下紙張，遞給小女孩。

「來，我畫好了。拿去吧。」

我遞出紙張後，小女孩從上到下仔細端詳。

果然沒有畫得很好吧……我內心七上八下地等著回應，接著只見小女孩漲紅了臉，把畫像寶貝地抱在胸前。

「謝謝妳！已經是厲害畫家的大姊姊，我會把這張畫當作一輩子的寶物！」

當時，小女孩的那個笑容，讓我甚至忘了自己還在寒冷的戶外。

她高興的程度太過出乎預料，我一時間不知該作何回應。小女孩繼續興奮地吐出白氣，話聲也非常雀躍。

「決定了！我以後也要變成像大姊姊這麼厲害的畫家！」

年幼孩童特有的，不經思索就決定的夢想。

日後這個小女孩肯定會忘了自己現在說過的話，然後訂下其他的夢想吧。並在同樣的事情反覆發生過多次後，她將一個夢想也沒能實現，就這麼長大成人。

但是，聽到小女孩這麼說，我卻發自內心地感到高興。看著她的笑容，感覺連結凍的心也開始融化。

回過神時，我已經在小女孩的影響下揚起溫柔微笑。

「……妳一定可以成為這世上最厲害的畫家喔。」

我這麼回答後，小女孩露出了孩童特有的不整齊齒列，漾出花兒盛開般的燦爛笑靨。

我的世界曾像用鉛筆畫的塗鴉那般，始終只有單調乏味的黑白色彩。

但從這一天起，我的世界有了顏色。

第一章

明天死了也無所謂

可能是因為夢見小時候，太過沉浸其中了吧。

今年已經二十六歲、成為社會人士的我——赤月緣，睜開惺忪的睡眼又看了一眼時鐘。

顯示時間是七點五十分。

公司的上班時間是八點半。

通勤時間約要三十分鐘。

「……不、會吧。」

我在剎那間完成所有計算，掀開被子從床上彈起來。

初冬的冷冽空氣隨即撲向肌膚，但今天沒時間管冷不冷了。

「糟糕糟糕，要遲到了……！」

鬧鐘並沒有被我關掉。是我睡得太熟，結果睡過頭了。每當不想離開被窩的季節一到，就不免會發生這種情況。

現在也沒時間吃早餐了。我一鼓作氣完成了洗臉、刷牙、塗粉底液三步驟，隨便套上衣服，抓起手提包就衝出門。由於來不及塗口紅，臉上戴了口罩。

踏出家門時大約已經八點。看這時間，大概到了公司還是會遲到幾分鐘吧。但我仍是全力衝刺，一路跑到車站，然後趁著在月台等電車的時候喝罐裝咖啡，心情跟著平靜不少。

當然遲到並不好，但要是因為趕時間而發生意外，那可就得不償失。況且我任職的公司也沒有無良到只是遲到五或十分鐘，就會囉哩叭嗦地唸上半天。冷靜下來後仔細一想，其實上午也沒有特別重要的工作，就算打電話去請半天的有薪假也沒關係。

『二號月台有電車即將通過。請退到黃色導盲磚內側，以免發生危險——』

沒錯。重點在於要保持鎮定、臨危不亂。行動時保持冷靜才是最重要的——

「嗯？」

眼角餘光中的景象似乎哪裡不太對勁，我抬起頭來。

定睛一看，只見一名少女正把半張臉埋在圍巾底下，感覺有些心不在焉地走在月台的黃色導盲磚外側。從她身上的制服與身高來看，應該是國中生吧。我內心油然升起不祥的預感，莫名無法移開目光，隨後看見對面有名男性正一邊低頭滑手機，一邊走向少女。

兩人絲毫沒有察覺彼此的靠近，肩膀用力對撞。

走在軌道那側的少女猛然一晃。

「啊，危險！」

我還來不及放聲大喊，少女的身體已在半空中劃出弧度，然後跌落在軌道上。

與她對撞的男性，以及看見少女落軌的人們，無不呆若木雞。

我反射性地看向電車駛來的方向。電車正鳴笛示警，眼看就要駛進月台。

我把理智與手提包一鼓作氣全丟了，不管三七二十一地跳下月台。

眼看電車即將進站，落軌的少女大概是害怕的同時也死了心，完全沒有試圖站起來，只是癱在原地。

看到她那副好像已經放棄求生的模樣，我內心的某個開關因此打開。

——妳現在還不能放棄喔！

我揪住她的衣領，圈住她的腰，使盡全力把少女往月台方向拉。少女雖然身型纖瘦，但國中生的體重依舊小看不得，幸好我的腎上腺素在緊急時刻猛然爆發。

我把少女推進月台底下的避難空間後，自己也跟著跳進去。接著我再伸手把少女按在牆上，自己也緊貼牆面。

數秒後，偌大鐵塊伴隨著震耳欲聾的金屬摩擦聲，從眼前飛快掠過。肌膚甚至感受到了陣陣帶有刺痛的熱意，多半不是我的錯覺。

——好險，我還以為真的會沒命！

以前我就知道月台底下有避難空間，但今天還是生平頭一次實際用到。直至這時我才後知後覺地心想，萬一這個車站沒有設置避難空間……我不禁打了個冷顫。

多半是有人幫忙按了緊急停車按鈕，原本過站不停的電車在中途緊急煞車。疑似是站務員的男性話聲從頭頂上方傳來，語氣非常急迫。

「妳們沒事吧？」

「我們還活著！兩個人都沒事！」

我大聲回答後，旅客們的喧譁聲與站務員安下心來的回話接著傳來。

「電車已經停下來了！請妳們保持冷靜，慢慢移動到月台尾端！」

「知道了！來，和大姊姊一起過去吧。」

我牽起少女的手，彎著腰往月台尾端移動。

為了安撫少女的情緒，我一邊移動，一邊與她攀談。

「剛才真是好險呢。妳是國中生吧？沒受傷嗎？」

「是、是的，我叫戶張柊子……請問妳是？」

「我叫赤月緣，只是普通的公司員工。哎呀～好久沒睡過頭，想不到就碰上了這種事，人生真是無法預料呢。」

我用活像是老人家的語氣說完後，柊子目不轉睛地盯著我瞧。

「赤月、緣小姐……嗎？」

「嗯，咦？難道我們曾在哪裡見過嗎？」

但我不記得自己曾認識女國中生，也應該沒有上司或客戶的姓氏是「戶張」。

我反問後，柊子恍然回神似的微微搖頭說：

「沒有，因為我也是第一次遇到這種事，有點嚇到了。妳明明要上班還來救我，真的很謝謝妳。」

「沒關係、沒關係，幸好妳平安無事，這樣就夠了！而且跟上班比起來，妳的性命更重要啊！」

我笑著這麼回答，想要減輕少女的歉疚。柊子一臉納悶地問道：

「……可是，赤月小姐為什麼願意冒這麼大的危險來救我呢？只要一個不小心，妳也會有生命危險吧？」

「嗯～也沒有為什麼。」

只能說是身體自己動了起來。而且這次的情況是就算跑去按緊急停車按鈕，肯定也來不及。想了一會兒後，我給了自認為最恰當的回答。

「大概是因為若對妳見死不救，我肯定會後悔一輩子吧。」

柊子眨了眨雙眼，更是定睛凝視我。

「……就只是因為這樣嗎？」

「這理由很充分了吧。因為我希望自己每天都能好好活在當下，就算明天死了也沒關係。」

我毫不感到害臊地挺胸這麼回答。

柊子再度低下頭去，咬字含糊地低聲呢喃。

「……這樣子啊。」

「嗯？怎麼了嗎？」

柊子的低語似乎另有什麼涵義，我沒有多想便隨口反問。

柊子輕輕搖頭，簡短回道：

「沒有，不是什麼重要的事情……我與赤月小姐說不定其實很像呢。」

「是嗎？那麼柊子的人生一定也會很美好喔！」

我露出爽朗的笑容說，更是用力握緊柊子的手。

柊子沒有作聲地點點頭。也許是因為在鬼門關前走了一遭，她的手非常冰冷。

處理完各種後續事宜，抵達我任職的活動企劃公司時已經十點出頭。

由於已先打過電話解釋原因，這天的遲到並未招來責罵，上司與同事反而還擔心我有沒有受傷。就結果來看，我不僅救了一名少女，遲到一事還因此一筆勾銷，這些都令我由衷感到開心。

「哼哼哼～」

我一邊哼歌一邊操作電腦，同事蓮菜斜眼往我睨來。

「小緣，妳明明差點發生意外，心情還真好呢。」

「還好啦，因為發生了不少好事啊。哎呀呀，果然人生就是這麼美妙。」

我邊應聲邊愉快地敲打鍵盤，蓮菜受不了地聳聳肩。

「還來，口頭禪又要開始了嗎？小緣，妳真的每天都過得很開心耶。」

「過得開心一點總比過得無聊好啊。而且我是真的很開心。」

「妳簡直是鬼打牆的代表。」

「咦？蓮菜，妳要請我吃佛跳牆嗎？哇啊，今天的好事真是一樁接一樁～」

「我才沒有要請客！不說這個了，下午的討論妳都已經做好準備了嗎！」

「是、是，老大。現在只剩印出來了，放心吧～」

我不正經地回道，把列印檔案傳送至影印機，然後站起來。

等待資料印好的時候，我的心情還是相當激動。

表裡如一、活潑開朗——經常得到這種評價的我，其實有一個從未告訴過任何人的祕密。

我從小學開始患有代謝方面的疾病。我的身體無法正常製造胺基酸與核酸這類生化物質，必須服用各種藥物。據說只要不激烈運動、飲食過度偏差，就能和常人一樣生活，但等到了需要更多生化物質的成人年紀以後，大腦與神經將有可能受到損傷。講得白話一點，就是我的壽命會比一般人短。

不只是蓮菜，公司裡的人都不知道我患有疾病。小學那時候，我說出自己得病以後，班上同學時不時就對我說「妳好可憐喔」，這種反應始終讓我不能釋懷。並不是討厭，而是無法接受。因為現在的我，並沒有那麼厭惡自己身上的病。

一開始我確實很害怕，也感到憤恨不平，覺得為什麼偏偏是我？但是不久之後，我開始覺得要是一輩子都任由自己活在恐懼與憤恨當中，這樣好像太蠢了。既然不知何時會死，那應該要充實地度過每一天，就算明天死了也沒關係。小學時遇到了那個要我畫肖像的小女孩以後，這是我得到的體悟。

腦中會突然湧現這些思緒，鐵定是因為今天差點被電車撞吧。如果不是因為有這個病，我絕不可能像剛才那樣奮不顧身救人。

我閉上眼睛，回想自己至今的人生軌跡。

活到現在不全然只有好事，但我過得十分滿足。剛畢業時曾一度誤入無良公司，但離職以後來到現在的這間公司，儘管還是新人，也已經實際執行過自己提出的企畫。個人生活方面，不分國內外幾乎所有主要城市我都去過了，也不曾錯過奧運與萬國博覽會這類的盛事。

不管何時離開這個世界，我都不後悔。就算剛才救了戶張柊子以後，變成是我丟了性命，我也不會後悔吧。活在世上能夠這麼想，相信生而為人，這是件幸福的事。

「……啊！」

我倏地回神，發現資料已經印好了。我甩甩頭，讓大腦進入工作模式。

釘起資料後，我很快看過一遍，遞了其中一部分要給蓮菜。

「讓妳久等了～今天的資料印好囉——」

我用搞笑的語氣說道，但就在這個瞬間。

眼前的視野忽然劇烈一晃。

「咦……咦？」

暈眩的感覺猛然襲來，儘管我想重新站穩，雙腳卻使不上力，身體就這麼「碰」的一聲倒在辦公室地板上。

地板雖然鋪有巧拼地墊，但在沒有採取防護動作的情況下，還是對身體造成了很大的衝擊。辦公室內所有員工全聽到了這聲巨響，扭頭往這裡看來。

「嚇死我了，妳沒事吧？」

「喂～妳還好嗎？」

「真是的，所以我早就跟妳說過了嘛。要是受傷了怎麼辦——」

蓮菜帶著苦笑伸出手來，但她的表情在下一秒變得僵硬。一注意到我慘白的臉孔與急促的呼吸，蓮菜急忙跪下來。

「小緣？喂，妳沒事吧？」

我使盡全力，對著蓮菜擠出斷斷續續的話聲。

「蓮菜……叫救護車、還有、我的小包包……」

「小包包？這個嗎？」

蓮菜立刻抓起我的小包包遞過來，接著掏出自己的手機叫救護車。

我用顫抖的手往小包包裡摸索，卻沒有摸到本來該有的東西，內心無比驚慌。然而不管我怎麼翻找，就是找不到平常備著的大量口服用藥。

在逐漸朦朧的意識中，我想起了自己今天早上曾一把丟開小包包，跳下月台去救戶張柊子。

——糟糕……是那個時候掉了……

在鬧哄哄的辦公室裡，我的意識就此完全斷絕。

獨自飄浮在漆黑無邊的世界裡，我的大腦緩慢思考著。

其實我早就做好心理準備，覺得這天遲早會到來。因此即便突然發生這種狀況，我的內心也意外平靜。

說不定我今天會回顧起自己的人生軌跡，也不是單純的偶然。或許是我的身體已經察覺到死期將至，所以促使我回首過往。

——我的身體，至今真是謝謝妳了。

這副身體真的非常努力。在我下達各種任性的指示後，它始終沒有怨言地一一遵從。現在，該輪到我讓這副身體好好休息了。

沒關係的。我完全沒有遺憾。因為一直以來，我都努力活得讓自己了無遺憾。

於是我毫不抵抗，任由意識消散在襲來的睡意中。

——不對。

然而心情突然激動起來，我感覺到意識又慢慢甦醒。

——還有一件……我好像還有一件放不下的事情。

跟工作無關，也跟平常的生活無關。是從很久很久以前開始就有的，但又理所當然到讓我遺忘了的，某種重要的意念。

我仔細地往內心探索，就在指尖觸碰到「那份意念」的瞬間——

耀眼燦亮的光芒忽然照入視野。

❄

臉龐感受到吹來的冷風，我睜眼醒來。

原來死後的世界也有風和陽光嗎──我內心浮出了小小的疑惑，但馬上被眼前的異常狀況打散。

「咦？」

我發現自己正站在敞開的窗前，手倚著窗框。窗外的黃昏景色明顯不是從公司看出去的風景，代表我人在其他地方。所在的樓層距離地面大約有十公尺吧。

看著遙遠下方的柏油路面，這高度讓我一陣膽顫心驚，趕緊把身體往後縮，以免一不小心掉下去。腳跟接著絆到某樣東西，害我險些跌倒，急忙重新站穩。低頭一看，原來是小巧的白色校內鞋。然後我看見自己腳上穿著襪子，代表那雙校內鞋似乎是我無意識間脫掉的，但我成為社會人士以後，照理說不可能再穿這種鞋子啊。

是送醫以後，醫院裡的人幫我穿上的嗎？我轉過身背對窗戶，緊接著躍入眼簾的光景，更是讓我目瞪口呆。

這裡不是醫院，而是某所學校的教室。從桌椅數量與教室整體的氛圍來看，應該是國中或高中吧。教室內除了我以外沒有半個人，只有夕陽將整間教室照得通紅。

難道這是所謂臨死前的走馬燈嗎？——然而這樣的想法也很快消散。因為這間教室裡的用品、設備、牆壁和地板，無不嶄新潔亮，跟我從前就讀的髒兮兮公立學校截然不同。而且在我記憶中，窗外應該也只能看見悠哉純樸的田園景色。

「……咦？」

——真糟糕。居然因為夢遊非法闖進學校裡頭，這種情況非常不妙吧。

沒想到自己的病情這麼嚴重。本來還以為可以心滿意足地讓人生謝幕，萬一因此上了新聞，在全國各地的電視裡播放，我的晚節可就不保了。

我急急忙忙正想離開學校時，偏偏不巧迎面遇上了一名穿著制服、疑似是這所學校學生的少女。

「咦……」

穿著制服的少女一臉納悶，我趕在她開口前先劈哩啪啦地說了一大串。

「不、不是的！妳別誤會！我醒來的時候就發現自己在這裡，真的什麼也……」

「嚇、嚇了我一跳～我還以為大家肯定都回家了呢。」

「我也嚇了一跳啊！莫名其妙就來到這種地方——咦？」

直到這時，我才驚覺少女的反應與自己預期的不同，揮舞著的兩隻手維持在奇怪的姿勢停下。

少女並不怎麼在意我的出現，快步從我身旁經過。

「戶張同學，妳也有東西忘了拿嗎？要小心一點才行喔。要是被淡河同學知道了，不知道她會說些什麼……啊，我並沒有奇怪的意思喔！」

「啊，嗯……嗯？」

我的大腦還一片混亂時，少女已經迅速取回自己忘了拿的東西，收進書包裡後往回走。

然後少女在教室門口向我簡單道別，旋即轉身快步離去。

「明天見囉，戶張同學！」

結果，她自始至終沒有質問過我半句話。然而，對此我一點也高興不起來。

——明天見？戶張……同學？

一種不祥的預感竄過背部。

我三步併作兩步地衝進廁所，站到鏡子前——接著啞然失聲。

映照在鏡子裡的，並不是現年二十六歲、理應穿著患者服的我，而是一名穿著可愛制服的少女。鏡中的少女在腦後將頭髮綁成兩束，稚嫩的臉蛋化著淡妝，左看右看也不是年輕時的我。

眼前的人千真萬確——就是今早差點被電車撞上、那個名為戶張柊子的少女。

我試著舉起右手，再歪了歪頭。

鏡中的戶張柊子跟著我做了一模一樣的動作。

至此，已經無庸置疑。我死死盯著鏡子瞧，鼻尖幾乎都要貼上鏡面，然後朝著自己放聲大叫。

「怎麼會這樣——————！？！？」

第二章

中學生真難懂

發現自己的靈魂附到了中學女生「戶張柊子」的身上，我好一陣子茫然自失，但很快意識到這不是單純的夢境後，急急忙忙展開行動。

我先偽裝成「赤月緣」的親戚打電話到公司，得知送醫地點是平常看診的那間醫院；接著打去醫院，確認了我的身體現正住院當中；再利用手機的地圖軟體察看自己的所在位置，發現醫院與我所在的學校並不遠。

於是我宛如短跑選手一般，開始在人行道上狂奔。路上行人們看到我，全驚訝地直眨眼睛。我火速抵達醫院，氣喘吁吁地詢問病房號碼。看到天氣這麼冷，我還跑得滿頭大汗，櫃檯人員一臉狐疑，但我毫不在乎，直接奔向打聽到的病房。

衝進病房後，我發現自己的身體正坐在病床上，眺望窗外。

聽到開門聲而回頭的赤月緣（我），就這麼與我（少女）四目相接。

「啊，妳……」

「找到我自己了——！」

看到自己的身體平安無事，我如釋重負地大喊出聲，在我身體內的那個人面帶難色地皺起臉龐。

「請安靜一點……這裡是醫院喔。」

「不不，我（妳）也太冷靜了吧！」

我粗魯地關上房門，然後衝向病床想也不想地上下摸了一遍自己的身體，忍不住滿頭問號。

「怎麼回事？為什麼會變成這樣？我是誰？妳又是誰？這裡是哪裡？」

「剛才已經說了這裡是醫院……總之，先冷靜下來整理情況吧。還有，請不要一直捏我的臉。」

「不不，這明明是我的臉！」

亂七八糟地結束幾句交談後，我往病床旁的椅子坐下，兩人開始交換情報。

此刻在我身體裡的，果不其然是今早差點被電車撞上，名為「戶張柊子」的少女，也就是我現在這副身體的原本主人。她說她是私立雲雀島女子中學的一年級生，參加的社團是園藝社。剛才在教室裡發呆時，忽然一陣睡意襲來，醒來後就發現自己在我的身體裡。

還有，她大約是一個小時前剛醒來，醫生簡單查看過後，表示得住院繼續接受治療。由於一切太過突然，柊子完全搞不懂這是怎麼一回事，但也判斷與其亂說話或亂動，還是待在原地比較安全。

儘管不明白是什麼原理，但「我與柊子的靈魂徹底調換過來了」，似乎已是不容置疑的事實。

我站起來，目不轉睛地盯著病房裡的鏡子，想當然鏡子裡的人一點也沒有我原先的樣子。明明讓這副身體動起來的人確實是我，有種非常詭異的感覺。

「雖然難以置信，但好像也只能相信了呢……不過，真是幸好柊子沒有一時慌亂就跑出去。要是擦身而過，最糟糕的情況就是一整晚得流落街頭了。」

「是妳太慌慌張張了……總之，現在輪到妳向我介紹有關自己的事情了。妳為什麼會在醫院？」

柊子一臉傻眼地問，我老實說出自己的身分。

不只姓名、年紀與任職公司，我還坦白說出了自己因為患有疾病，其實再活也沒有幾年。柊子聽完抬起我的手臂，來回仔細打量。

「……是嗎？但我目前幾乎沒有這種感覺呢。」

還以為柊子聽到我不久於人世，可能會有些驚慌失措，想不到她十分冷靜。也可能只是因為一切太過突然，她還無法接受事實，但我得向她的膽量看齊才行。

話說回來，我本以為自己的身體肯定正徘徊在生死邊緣，所以現在有些意外。大概是因為今早的突發狀況，身體突然不堪負荷吧。但當然，沒有惡化到得住進加護病房也是值得高興的事。

「嗯，雖然還是要小心，但看來現在的情況並不嚴重。而且只要待在醫院，就算病情惡化了，醫生也會馬上趕來察看，我想妳可以放心。我只是擔心我們兩人的靈魂——」

「嗯？」

「——不知道什麼時候能變回來，但我想應該不會持續太久吧。」

本來要說的話都到了嘴邊，但我硬是改掉內容。

其實我原本想說的是：「我擔心在兩人的靈魂變回來之前，我的肉體就先死亡了。」但對方還是中學生，不適合把這麼不吉利的假設告訴她。再者萬一這種事情真的發生，柊子的靈魂有可能隨著我的肉體一起死去。

為了閃避柊子帶有疑惑的目光，我拍向掌心改變話題。

「對了，妳……不對，還是我？啊～天哪，真是麻煩……總之我們的共通點就是『今天早上差點被電車撞』，除此之外妳還想得到我們曾有什麼交集嗎？」

柊子顯得若有所思，低頭默然不語，最後靜靜搖頭。

「……我什麼也想不到。就連跟緣小姐說話，今天早上應該也是第一次，而且我也沒有感受到任何會發生這種事的前兆。」

「這樣啊～嗯，我想也是啦。唔……真是傷腦筋。這下該怎麼辦才好呢……」

要是曾有什麼交集，或許就有頭緒能解決這個難題，但事情果然沒那麼容易。更何況我的年紀幾乎是柊子的兩倍大。

眼看我痛苦抱頭，柊子嘆口氣提出建議。

「總之，我們暫時也只能維持現狀，假扮成彼此過生活了吧。因為這好像也不是能找人商量解決的事情。」

「嗯，也只能這麼做了吧。可是，我的身體因為正在住院，倒是沒什麼關係，但柊子妳還在上學……我能假扮成中學生嗎？」

進入社會後，我有信心自己累積了不少人生經驗，但從沒扮演過中學生。時至今日，國中時期的記憶也已經模模糊糊。

見我裹足不前，柊子乾脆地下了結論。

「就算辦不到，也只能硬著頭皮上了吧。緣小姐也不用太擔心，只要別做出太奇怪的舉動，應該不會引起懷疑。冬季期間園藝社也沒有社團活動。」

柊子發言時始終非常客觀，我不由得以尊敬的眼神看她。

「……柊子，妳好冷靜喔。感覺我還比較像小孩子。」

「妳現在實際上是小孩子沒錯啊。」

「啊哈哈，是沒錯啦。」

居然還讓中學生來開導自己，看來我還欠缺磨練。搞不好是受肉體影響，連心智年齡也退化了。

於是我做好覺悟，要暫時以中學生的身分生活，並向戶張柊子詢問了地址與家庭成員等詳細資料。她說關於明天學校的作業與上課該帶的東西，都寫在書包裡的記事本上了。沒帶書包就跑過來的我，等一下必須先回學校一趟。

大致交換完了彼此需要的資訊後，我從椅子站起來。

「好，那我明天再過來。我的家人和同事有可能來探望妳，但妳只要敷衍一下，全部推給生病就好了。通訊軟體就由我負責回覆，會盡量讓大家安心。」
「感覺好像太隨便了……」
「啊哈哈，細節就別管太多了。」
我把手伸向房門，準備離開病房。這時，柊子從背後叫住我。
「那個，緣小姐。」
我轉過身，發現柊子以分外認真的眼神注視我。
被自己（緣）的雙眼凝視著，我的心臟莫名有些怦怦亂跳。
「如果靈魂互換的現象始終沒有消失，到時候該怎麼辦？」
柊子的這句問話，就像帶有重量的回聲敲打在我耳膜上。
不明白她這麼問有何用意，我立即反問。
「妳為什麼要問這種問題？」
「我只是假設而已。可是，無法斷言可能性是零吧？」
柊子說的確實有道理。萬一靈魂對調的現象完全是偶然發生而且不可逆轉，那麼我也束手無策。

想像了這樣的未來後，我的心情有些陰鬱。

「……那就有點傷腦筋了呢。因為到時候柊子得被迫接收我虛弱的身體。而且，我還有事情想用我那副身體去完成。」

「那如果緣小姐想做的事情都做完了，就算一直是這樣妳也不會不滿囉？」

「唉，夠了夠了，還是別討論這種事了。」

我態度有些強硬地打斷柊子接二連三的發問。

既然都要討論假設，我喜歡討論開心又充滿希望的事情。

「突然發生這麼不合常理的事情，我知道妳很不安，但擔心太多也無濟於事嘛。說得極端一點，搞不好等我們睡一覺醒來，一切又都恢復原樣了。」

「這也太極端了……」

我兩手一拍，走向柊子所在的病床。

「總之呢！為了擺脫這種奇怪的現象，我們一起加油吧，好嗎？」

然後，我將中學女生的小手伸到柊子眼前。

愣了幾秒後，柊子總算明白我的用意，從被子裡伸出右手回握。

「……是。」

明明不久前那隻手還屬於自己，此刻碰到的掌心卻非常冰冷。

彷彿在逼著我重新意識到，自己的存在有多麼飄緲脆弱。

隔天，初冬的寒冷晴空下。

來到了柊子就讀的私立雲雀島女子中學，我不停地呼出白色氣息，發覺自己明明處在這種異常的情況下，情緒還是相當激動。

畢竟我自國中畢業後，已經過十幾年了。雖然就讀的學校不一樣，但不能混為一談。要偽裝成另一個人固然令我緊張，但內心同樣也有期待，這應該很正常吧。

我想起了昨天在軌道上與柊子的對話。

——我與赤月小姐說不定其實很像呢。

沒問題的，因為我和柊子很像。我動了動圍巾底下的嘴唇，輕聲為自己加油打氣，正準備穿過校門的時候，有人叫住了我。

「戶張同學，早安。」

來人是個我忍不住屏息凝視的美少女。一頭烏黑長髮又光滑又柔順，看起來彷彿是閃閃發光的銀河。肌膚也白裡透紅，細長的鳳眼流露出強韌意志，再加上連身高也偏高。

今天的天氣已有寒意，這名少女卻沒有穿戴任何禦寒用品，胸口的紅色蝴蝶結張揚地晃動著。由於她的蝴蝶結與我同色，那麼應該和柊子一樣是一年級。

面對少女無可挑剔的美貌，我頓時有些畏縮，但她笑吟吟地和我打招呼。

「今天的天氣特別好呢。」

原來柊子有這麼漂亮的朋友，我不禁由衷為她感到高興，然後把嘴邊的圍巾往下拉，笑容滿面地回以寒暄。

「嗯，早安啊！呃……淡河同學！」

透過胸前名牌確認了少女的名字後，我再仰頭看向碧藍的冬日晴空。

「今天的天氣真的很好呢！冬季的晴朗藍天看起來好高喔。光是看著就讓人覺得心情好好！」

我幾乎是手舞足蹈地興奮說完，名為淡河的少女訝異地含糊答腔。

「咦、嗯……是啊，確實如妳所說……」

「嗯，怎麼了嗎？」

我愣愣地反問後，淡河忽然回神似的甩甩頭。

「啊，不，沒什麼……只不過，總覺得戶張同學和平常不太一樣……」

「咦，有嗎？我平常就是這樣啊。」

我表現得理直氣壯，堅決這麼主張。

看到我坦蕩蕩的態度，淡河眨了幾下眼睛，低聲說了：

「是、是嗎？那就好……」

我們邊說話邊慢慢移動，有其他學生自後方打招呼。

「會長，早安。」

「我很期待今天全校集會的演講喔。」

聞言，我的心臟用力一縮。

——咦，會長？我嗎？該不會連演講也是我的工作……

「嗯，謝謝妳們。敬請拭目以待。」

——原來不是我啊，但我想也是。

看見身旁的淡河笑容可掬地回應她們，我撫胸鬆了口氣。

畢竟這種事我根本沒聽說，況且柊子還一年級而已。學生會長都得經過選舉，她怎麼可能擔下這種重任——

——咦？可是，這也就是說……

「淡河同學，妳才一年級就當上學生會長嗎？」

我瞪圓了雙眼，注視著淡河胸前和自己一樣的紅色蝴蝶結。

對於我的反應，淡河再度無法理解似地皺眉。

「什、什麼？妳怎麼事到如今還這麼驚訝……」

「好厲害——！」

佩服之下我忍不住抓起淡河的手，一邊噴出白色氣息，一邊激動地說：

「上臺之後一定會很緊張吧，但妳演講加油喔！我也會期待的！……啊，咦？」

直到這時我才發現不只淡河，連另外兩名女學生也一臉呆愣。仔細想想，居然不曉得自己學校的學生會長是誰，確實很不自然。

太久沒過中學生的生活，我不小心興奮過頭了。我搔搔臉頰，語速很快地幫自己找臺階，試圖蒙混過關。

「啊，糟糕！我好像有作業忘了寫，那我先走囉！拜拜！」

話一說完，我轉身小跑步地跑向校舍出入口。

被我拋在後頭的三名女學生，依舊目瞪口呆地杵在原地。

「……戶張同學到底是怎麼了？」

「這點我才想知道呢……」

場景一換，來到體育館。

不愧是私立學校，體育館內部相當寬敞，但在全校學生悉數到齊後，感覺還是有些擁擠。

學生會長「淡河真鴇」走到臺上，在眾人的注視之下，沒有流露出一絲緊張地朗聲演說。

「請大家拋開自己還只是中學生的天真想法。」

演講時不論語氣還是姿態，我都覺得她表現得比蹩腳的政治家還要好。聽著聽著，我不由自主地挺直腰桿。

真鴇露出了可以形容為嚴厲的眼神，看著在臺下排成隊伍的全校學生。

「中學生活只有一次，應該要花時間投資自己，為將來培養足夠的生產力。利用這三年習得該學的能力，建構起該有的關係，各位方能迎向美好明亮的未來。無知是罪，不學無術是惡。請所有學生將這點謹記在心，勤勉向學……」

身為在臺下列隊聽講的一員，我一邊聽著真鴇的演說，一邊只能發出很像輪胎洩氣的讚嘆聲。

「哇噢……」

她簡直像老師一樣——不對，是比老師更像老師。雖然也可能是因為就讀的學校不同，但跟國中時的我真是差了十萬八千里。當年就讀國中的我，只會興奮地與朋友大聊前一天的歌唱節目和花式滑冰，若是站在真鴇面前，只怕會自慚形穢。

當然，我無意否定真鴇的想法，也無意取笑她。年紀輕輕就這麼上進是好事。如果是她這樣的人在帶領全校學生，相信這所學校的未來會是一片光明吧。

對於體育館內緊繃的氣氛，我堅信著這是因為學生們給予了正面回應。

「淡河同學的演講好振奮人心喔！」

從體育館回到教室以後，我這麼對鄰近座位的女學生說。

我認為應該找到機會就與班上同學多做交流，這也有助於更加了解柊子。況且淡河真鴇的演說，確實深深打動了如今已是社會人士的我。

「哎啊～明明還只是中學生，她卻很認真在思考未來的事情呢。嗯，我可不能輸給她！」

我發自內心地表達敬佩後，那名女學生卻回答得支支吾吾。

「嗯、嗯……是啊，是很振奮人心……」

她的表情比起不贊同，更像是有些害怕。

我還沒開口追問，教室內某處就傳來了帶有嘲諷的低語。

「什麼思考未來啊，笑死人了。」

那道話聲不大，卻很清晰地傳進我耳中。

儘管說這句話的女學生並沒有看著這邊，但很明顯在留意我的反應。站在她附近的另外兩個女孩子，也同樣刻意地口出惡言。

「像她那種人，只是靠父母的關係在狐假虎威罷了。」

「唉，反正人家是菁英分子，根本沒把我們這種成績不好的學生放在眼裡吧。」

「……咦？」

我還在為始料未及的發言感到不知所措時，其他幾名學生顯然是聽不下去，開始反脣相譏。

「嗚哇～醜陋的劣根性出現了。」
「有時間挖苦的話還不如好好讀書吧。真遜。」
瞬間，我感覺到教室內的氣氛變得劍拔弩張。
那個對真鴇口出惡言的女學生用力一拍桌，語帶威嚇地凶巴巴開口。
「啊？妳剛才說什麼？」
「哎呀，妳也有自覺嗎？」
雙方互相瞪視，感覺一觸即發。這時，一道凜然的話聲插了進來。
「發生什麼事了嗎？」
是晚了一些從體育館回來的淡河真鴇本人。
險惡的氣氛瞬間消散許多，一開始出言嘲諷的那幾個女孩子明顯慌了手腳。
「不、不，沒什麼……」
看到她們這副模樣，另一邊的學生像是樂在其中，直接指著她們說：
「她們三個人剛才在說淡河同學的壞話喔。」
「什、什麼啊？我們說的又不是淡河同學！」
撂下這句話後，她們立即坐回自己的位置，再也不看這邊一眼。

班上同學們的模樣令我感到有些奇怪，於是我出聲叫住了正優雅走向自己座位的真鴇。

「那個，淡河同學，可以借一步說話嗎？」

我帶著真鴇來到毫無人影的走廊上，簡單敘述了一遍剛才發生的事。

最後，我向真鴇表達自己的關心。

「淡河同學，班上同學對妳說話都很不客氣，妳還好嗎？要是有人在欺負妳，妳可以找我商量喔？」

我這麼詢問後，真鴇卻老半天不發一語。

我感到納悶，察看她的表情。

「……淡河同學？」

真鴇定睛凝視著我，彷彿要在我臉上看出洞來，最後眨了眨眼搖搖頭。

「啊，不，失禮了。因為戶張同學竟然會說這種話，我有些意外。」

說完，真鴇露出了沉穩微笑。

她整個人洋溢著無限自信，似乎毫不介意別人說的壞話。

「這種事有什麼好在意的呢。可以明確區分敵友，這不是正好嗎？就如同我在演講時說的，每個人都有各自該建立的關係。」

「是、是嗎……？」

沒必要理會在背後說自己壞話的人——確實是這樣沒錯，但真鴇說得太過毫無迷惘，明明我已經出社會了，卻有些被她的氣勢震懾住。我再次深深覺得，這年頭的中學生真是了不起……不過，也可能只有真鴇是這樣吧。

我嘆了口氣，忍不住說出自己對真鴇的佩服。

「淡河同學好厲害。明明還是中學生，卻能想得這麼透徹。」

「……戶張同學也是中學生吧？」

「嗯，是這樣沒錯啦。」

被真鴇簡短反問，我粗糙地敷衍帶過。

也幸好真鴇沒有打破沙鍋問到底，她接著提起其他話題。

「對了，我今天好像也沒在學校裡看到人，霧島夏海同學最近還好嗎？」

「霧島夏海」——我第一次聽到這個名字。現階段還不曉得她與柊子有什麼關係。

我想了一會兒後，反應平平地點頭。

「霧島……嗯，那個，大概就那樣吧。」

對於我的回答，真鴇不知為何露出了非常滿足的表情。

「是嘛，那真是太好了。」

「……太好了？」

瞬間，我的心頭一陣紛亂。

真鴇自然沒有發現我的心境變化，她點了幾下頭後，逕自做出結論。

「戶張同學能夠做出這麼明智的判斷，我真是太高興了。我看人的眼光果然沒錯，戶張同學是少數與我關係對等的朋友。」

說完自己想說的話以後，真鴇英姿颯爽地走回教室。

被留在原地的我，心中頓時升起了此刻才意識到的不祥預感。儘管天候寒冷，我的後背卻淌下冷汗。

——我該不會這麼快就踩到了好幾個地雷吧？

後來一整天的上課都很順利，一到放學時間，我立刻前往柊子所在的醫院。

但就在我穿過醫院的正門玄關，要走去柊子的病房時，一道呼喚聲讓我停下腳步。

「……哎呀，這不是柊子嗎？」

我差點就要充耳不聞，但現在的我可是戶張柊子。我往聲音傳來的方向回過頭，發現果然有人看著自己。

並肩站在那裡的，是一名穿著便服、看來與柊子同年的少女，以及一位多半是少女母親的女性。是柊子的同學及其母親吧，但我完全不認識。

但是，那名女性自然不曉得我內心的想法，一認出我後，笑容滿面地靠過來打招呼。

「我果然沒認錯人！柊子，好久不見了，妳最近還好嗎？」

「啊，嗯……還好……」

請問您是誰？——這種話總不能問出口，所以我盡可能擠出禮貌性的笑容回應。這下可麻煩了。我在心裡搔了搔頭。

相較於笑容滿面的母親，一旁的少女倒是滿臉不高興。她皺著眉臭著臉，完全不與我對視。

少女的母親帶有責怪之意地輕拍她的背，催促她說：

「夏海，妳怎麼了？好好打招呼。」

聽到耳熟的名字，我小小聲嘀咕。

「夏海……啊。」

這名少女就是淡河真鴇提起過的霧島夏海吧。今天她沒來學校，現在卻在醫院，可能是生了什麼病。

名為夏海的少女只是敷衍母親，回答得非常簡短。

「……不用啦。」

夏海的母親一臉傷腦筋地嘆口氣，然後重新轉向我問道：

「對了，柊子，妳今日怎麼會來醫院？是身體不舒服嗎？」

「啊，不是的……是我有親戚住院，我來探望她。至於我自己就和您看到的一樣，非常健康喔。」

我還握起拳頭，高舉兩隻手強調。

也許是對我的言行舉止看不順眼，夏海瞥了我一眼後，語帶挖苦地說：

「哦……是喔。那真是太好了呢。」

「夏海！妳怎麼這樣說話。快點向柊子道歉。」

夏海母親的斥責聲開始變得嚴厲，但她完全不予理會，逕自大步走開。

「我去一下廁所。」

不給人叫住的機會，夏海就這麼彎過轉角消失無蹤。

夏海的母親過意不去地皺眉，向我道歉。

「對不起喔。夏海這陣子一直是這副德行。」

我看向夏海消失的轉角，鼓起勇氣發問。

「請問，夏海是哪裡身體不舒服嗎？」

「是啊……上週她在學校暈倒以後，身體狀況就有點不太好。醫生診斷後，說她可能是因為美術社比賽的壓力太大了。」

也就是自律神經失調嗎？我也有過類似經驗，但居然才國中一年級就有這種症狀，真教人有些同情。明明進入新環境以後，應該有很多想做的事情啊。

夏海的母親接著說了。

「其實症狀也不嚴重，但夏海現在好像不想去上學，也常常像剛才那樣子亂發脾氣……我總覺得她有事情瞞著我。柊子，妳是否知道詳細的情況？」

「不不，我也不太清楚……」

突然被人一問，我急忙搖頭。而且有關夏海的事情，柊子本人什麼也沒告訴過我。

對於我的回答，夏海母親的表情流露出些許遺憾，但馬上變回溫柔的笑臉。

「……是嘛。雖然我女兒脾氣不好，但希望妳以後能繼續和她當朋友。因為對夏海來說，柊子是她最重要的朋友呢。」

聽到「最重要的朋友」，我高興得忘了自己如今是在柊子的身體裡，活力十足地用力點頭。

「是！」

徹底燃燒起了幹勁以後，我沒有先去找柊子了解情況，決定直接到廁所外面等夏海出來。

在學校的時候，真鴇曾說我能與夏海保持距離「真是太好了」。雖然不明白她為什麼這麼說，但這兩件事不能混為一談。那種毫不講理、在背後說人壞話的人也就算了，但我個人一向認為結交各式各樣的朋友，可以讓人生過得更豐富多彩。就好像小學時期曾封閉內心的我，在遇見一名少女後就改變了生活方式一樣。

既然是最重要的朋友，對方痛苦的時候更該陪在她身邊。

走出廁所的夏海，一看見我便露骨地垮下臉龐。

「……幹嘛？」

儘管她的態度冷漠帶刺，但在知道是心理問題造成的以後，就不覺得可怕。

我一心只想讓夏海打起精神，開口與她攀談。

「夏海，生病的事情妳完全不需要擔心喔！要是有什麼煩惱，儘管來找我商量吧！我會全力支持夏海的！」

我帶著親切的笑容這麼說完後，夏海看著我渾身僵直。

但是，她顯然不是被我這番話感動。夏海面無表情地眨眨眼睛，在經過數秒的沉默後，終於張開嘴唇。

「……啊？」

她發出的話聲遠比剛才還要冷冽，就連我也不由得有些畏縮。

我吞了吞口水，夏海更是全身散發著怒火往我逼近。

「柊子，妳到底在說什麼？妳忘記自己做過什麼了嗎？」

「……咦？我說了什麼奇怪的話嗎……？」

明明我是百分之百心懷善意，也因此更是無法理解夏海的敵意。冷靜下來後，「早知道應該先問柊子」的後悔掠過腦海，但如今也覆水難收。

見我不知所措，夏海傻眼地嘆口氣後，語速極快地說了。

「算了。既然那件事對妳來說根本沒什麼，那我跟妳也沒什麼好說的了。」

說完，夏海便快步走向母親正在等候的候診室。

留在原地的我只能呆站在走廊中央，獨自發出蠢兮兮的吶喊。

「……咦咦～……」

我真是搞不懂。中學生太難懂了……

第三章

不留後悔的生活方式

「柊子———！！」

慘遭夏海狠狠拒絕的我，哭喪著臉衝進自己的病房。

完全沒想到會在小自己一輪的中學女生身上感受到敵意，我忍不住趴在病床上，發出破碎的嗚咽。

柊子似乎對這樣的我啞口無言，輕拍我的後背。

「請冷靜一點吧……發生什麼事了？」

「就是啊，妳聽我說……」

我就像個孩子一樣地嘟嘟噥噥抱怨，告訴柊子我遇到了夏海與她母親。

一聽到夏海的名字，柊子的表情明顯變得僵硬。

病房內一時間籠罩靜默，片刻後柊子才開口。

「……原來如此。妳見到夏海了。」

她的語氣平板得宛如機器。

我更是一頭霧水，皺起眉頭追問。

「……那個，這到底是怎麼一回事？」

畢竟我本來就是陌生人，並不清楚來龍去脈。靈魂與柊子對調以後，夏海的拒絕對我來說可說是最大的衝擊。

「夏海的母親還說，柊子是她最重要的朋友。可是，夏海表現出來的態度根本不是這樣啊。妳和夏海吵架了嗎？該不會夏海之所以不上學，其實和柊子有關？」

即便是獨一無二的摯友，偶爾當然也會吵架。但是，夏海拒人於千里之外的樣子還是不太尋常。

柊子也是，她明顯地別過臉，堅決不肯說明詳細情況。

「我不需要向緣小姐說明。這是我和夏海的問題。」

「呃，話是這麼說沒錯啦……」

面對和夏海一樣冷漠的柊子，我沒有退縮地繼續追問。

「但看到她那種態度，我怎麼能坐視不管呢。況且又不曉得我們什麼時候可以變回來，時間拖得越久，也會越難和好吧？如果妳願意告訴我是怎麼回事，我說不定能幫忙居中好好調解──」

「妳這是多管閒事。」

可能是對我的糾纏不休感到厭煩，柊子話聲堅決地斷然說道。

我一時語塞，柊子朝我投來冰冷的目光。

「緣小姐也有可能讓關係變得更糟吧？現在我們還要面對靈魂互換這種莫名奇妙的情況，應該把注意力放在眼前發生的事情才對。不是嗎？」

「妳說得、是沒有錯……」

我仍然有些欲言又止，但柊子轉過頭不再看我，望著窗外強行做出結論。

「反正夏海現在不去上學，就算維持現狀也沒什麼問題吧。」

柊子所言非常正確，我完全無法反駁。在這種情況下，還是中學生的柊子，反而比已經出社會的我更能冷靜地下判斷。

但是，柊子這種透徹到也可說是冷漠的態度，沒來由地令我耿耿於懷。

維持現狀真的好嗎？比起正視自己真正的心情，保持冷靜與理智更重要嗎？

「……唔～」

——我還是有點不太能接受。

我悶悶不樂地離開醫院後，回到戶張家。

大概是內心的無法釋懷表現在了臉上，晚餐席間柊子的母親向我問道：

「柊子，妳怎麼了嗎？」

我猛地回過神來，立刻堆起笑容舉高手上的碗。

「沒事，沒什麼！今天的馬鈴薯燉肉燉得非常入味，很好吃喔！」

我舉著碗說，擠出燦爛笑容。順便說，這個稱讚可是發自內心。

似乎是覺得我過度誇張的反應很有趣，柊子的母親輕笑出聲。

「妳最近看起來心情不錯。發生了什麼好事嗎？」

「咦？……嗯，對、對啊！我在學校過得很開心喔！」

我還以為柊子的母親鐵定會覺得我舉止可疑，質問我說：「妳最近好像怪怪的？」所以被她這麼一問，我反而覺得不太合理，但情急之下只能這麼搪塞。為了不讓她發現我這個女兒有古怪，最好還是盡量附和她。

聞言，柊子的母親開心地緩緩點頭。

「是嘛。因為妳前陣子看來好像有什麼煩惱，那我就放心了。」

眼看柊子的母親沒有繼續追問，我鬆了口氣。但是，梗在胸口的奇怪感覺還是沒有消失。

靈魂與柊子互換以後，我光是以戶張柊子的身分過生活就已經耗盡心力，所以也知道現實中自己的言行舉止不太自然。那麼也就是說，在靈魂與我交換之前，柊子就已經懷有煩惱，舉止還比現在反常，而且十之八九是因為夏海的事情？

——這對柊子來說明明是非常嚴重的問題，真的要撒手不管嗎？

話雖如此，我也不能當場與柊子的母親商量。柊子說的沒錯，自然地以「戶張柊子」的身分過生活才是最重要的。

吃完晚餐，洗完澡刷過牙，正為明天學校的課做準備時，我一不小心把筆盒裡的橡皮擦掉到地上去。

橡皮擦不規則地彈跳數下，滾進了床鋪底下深處。我奮力伸長手臂，拉出指尖摸到的東西。

「……嗯？」

其實透過觸感我已經知道，但從床鋪底下拉出來一看，我撿到的東西果然不是橡皮擦，而是一張折起來的紙。

把紙攤開後，紙上畫著可愛的人物畫。畫功不太高明的這幅畫像以色鉛筆繪成，畫上人物的笑容之燦爛，讓看著的人也跟著感到高興，看得出來作畫者非常用心。

這幅人物畫，畫的多半是戶張柊子吧。因為明確地畫出了她眼角有些下垂，以及頭髮綁成兩條馬尾的特徵。從臉形與畫功來看，應該是小學中年級時畫的吧。

既然出現在柊子房裡，會覺得是柊子畫的也很正常——但是。

——為什麼這張紙會折起來，還掉在床底下呢？

也許並沒有什麼原因，只是無意間掉到床鋪底下的吧，但是……

我再一次仔細端詳那張人物畫。

明明畫上的人笑得那麼無憂無慮，卻沒來由地令我升起強烈的不安。

一個晚上過去後，我心頭的疙瘩不僅沒有散去，反而越變越大。

雖然柊子說我是多管閒事……但是，原因不明的靈魂對調，以及她與摯友的失和，這兩者之間真的毫無關係嗎？我們兩人靈魂互換以後，兩天已經過去了，卻依然沒有任何變回原樣的徵兆。就算恢復的可能性很低，但除了靜靜等待以外，是不是也該主動採取一些行動呢？

我坐在自己的位置上陷入沉思，淡河真鴇笑吟吟地走來與我寒暄。

「戶張同學，早安。」

趁著真鴇和我打招呼，我猛然抬頭。

「啊，淡河同學，早安。那個，我有件事情想問妳。」

「好啊，什麼事？」

什麼也不做，就只是任由事情自然發展，果然不合我的個性。

眼看真鴇愉快地一口答應，我單刀直入地問了。

「關於妳昨天提到的霧島夏海同學，妳知道她現在為什麼不來學校了嗎？」

瞬間，真鴇全身僵直。

儘管她臉上仍保持著沉穩的笑容，但感覺只是因為表情僵住了而已。真鴇似乎是不知該如何回答，非常簡短地反問。

「……咦？」

「咦？」

不明白真鴇為何感到困惑，我也跟著愣了一下。

幾秒過後，真鴇審慎地斟酌用詞，向我問道：

「……那個，妳為什麼要問這種事？」

「咦？因為我很擔心嘛。夏海是我的朋友，如果她除了生病以外還有其他煩惱，我想幫她的忙。」

當然，也是因為我覺得或許能藉此找到線索，讓我與柊子變回來。不過，就算發現毫無關係，我還是不忍心對一個深陷煩惱的孩子坐視不管。

聽我這麼說，真鴇臉上的笑容忽然消失，她神色嚴肅地將烏黑長髮撥到腦後。

「我要提醒妳，為了妳自己著想，最好還是與霧島同學保持距離。」

真鴇的話聲平靜，卻強烈散發出了更甚於聲量的無形壓力。

她大動作地搖搖頭，一臉傻眼地嘆氣。

「霧島同學那種人不僅沉迷於畫畫，還大言不慚地說自己想當畫家，根本不配與優秀的戶張同學當朋友。跟水準和自己不一樣的人來往，最終只會毀了自己。戶張同學也是明白這一點，才選擇了推開霧島同學吧？」

聽完真鴇裝腔作勢的一番話，我感受到了超出憤怒的衝擊。

為了不讓旁邊的人聽見，我很快地小聲問真鴇：

「所……所以，夏海會不來上學，真的是我害的嗎？」

看在旁人眼裡，我現在這樣一定很奇怪吧。因為明明是自己的事情，我卻好像一點也不了解。

眼前的真鴇自然也不例外，只見她一臉隱藏不住的困惑。

「等、等一下，戶張同學，妳從剛才開始到底在說什麼……？」

這時我總算恢復理智。雖然還有很多事情想問真鴇、深入探究，但再追問下去，可能會引來她的懷疑。

夏海是隔壁班的學生，記得她母親說過，夏海參加了美術社。那麼，接下來最好去找社員們蒐集情報會比較妥當。

「抱歉，我突然想起來自己有點急事！等一下再聊！」

一旦訂下新目標，我便往外狂奔，順便掩飾自己的可疑舉止。真鴇只是一臉茫然地目送我離開。

「……這到底是怎麼回事？」

由於早上沒在美術教室裡看見半個人，我只好等到放學後再去打探消息。

等到放學，社團活動開始後，我抓準時機叫住美術社的社長。社長一臉意外地轉頭看著我說：

「霧島同學？我的確聽說她前陣子在空教室裡暈倒，但那時候戶張同學也和她在一起吧？妳應該比我更清楚才對啊。」

被社長這麼反問，我搔了搔頭含糊回答。

「那、那個，雖然是這樣沒錯，但如果社長知道她為什麼會暈倒，或是前一天的樣子有沒有哪裡不太對勁，希望可以告訴我……」

社長用手指抵著下巴，一邊回想一邊發出沉吟。

「嗯……夏季比賽沒得獎的時候，她看起來確實很不甘心，但感覺並沒有因此消沉下去。她反而幹勁十足，還說冬天一定要得獎。」

「比賽……嗎？」

「嗯。雖然她才一年級，卻非常認真上進，也鼓舞帶動了所有社員……」

社長的語氣溫和沉穩，但這時有人潑冷水般地插嘴進來。

「可是，聽說霧島同學每次考試都考得很爛喔～」

在我們附近畫畫的一名女社員說道，看也不看這邊一眼。

趁著社長一時語塞，還反應不過來，女社員更是毒舌地發表評語。

「大概是因為跟不上我們學校的課業，她開始受不了了吧～？」

社長目光銳利地瞪向那名社員，出聲嚴厲斥責。

「三崎同學！不要無憑無據說這種話！」

「對不起～但社長也不能斷言我沒有根據啊。」

名為三崎的社員一派滿不在乎地大放厥詞。

感覺三崎話中有話，我轉頭質問她。

「妳是什麼意思？」

「咦～？戶張同學，妳明明是霧島同學的好朋友，卻不知道嗎？」

三崎把畫筆放進筆架，露出帶有挑釁意味的笑容說了。

「霧島同學開始不來上學的那一天，剛好由我負責倒垃圾，結果我在垃圾桶裡面發現了揉成一團的水彩紙呢～明明社團嚴格規定，畫壞的水彩紙要丟資源回收，所以我一邊想著『不知道是誰亂丟』，一邊撿起來攤開一看，發現就是霧島同學為了冬季比賽所畫的作品。而且那幅圖畫還被撕得破破爛爛，感覺不像是討厭那張圖，更像是已經放棄畫畫——」

「妳說的是真的嗎？」

三崎還沒說完，我就抓住她的肩膀逼問。

似乎被我氣勢洶洶的模樣嚇到，三崎眨眨眼睛。

「妳、妳幹嘛反應這麼大啊？說謊對我有什麼好處？我、我先聲明喔，她的畫可不是我撕碎以後才丟掉的……」

三崎一反剛才不以為然的模樣，氣焰全消地囁嚅回答。

我放開三崎的肩膀，抱著一絲的可能性問：

「我問妳，那幅被丟掉的畫還留著嗎？妳記不記得上面畫了什麼？」

「我、我早就丟了，也不記得上面畫了什麼。因為倒垃圾是值日生的工作，我當天直接就丟了。更何況留著那種東西只會讓人不舒服吧……」

「……是嘛。」

我重新打起精神，試著再問其他問題。

「我可以再問一個問題嗎？夏海曾經說過，她是從什麼時候開始畫畫的嗎？」

「這、這我怎麼可能知道啊！我們又沒那麼熟……」

三崎沒好氣地別過臉龐，社長反倒回答了這個問題。

「剛入社做自我介紹的時候，她曾說自己從沒上過繪畫補習班，真正開始畫畫是升上中學以後。但是，她卻畫得比一般的高年級生還要好，所以我很佩服呢。」

得到了這麼寶貴的情報，我忍不住笑容滿面地握住兩人的手，表達自己的感謝。

「社長、三崎同學，謝謝妳們！真是幫了我大忙！」

然後兩人還沒回話，我就匆匆忙忙地衝出社團教室。

而被留下的社長與三崎，都杵在原地呆若木雞。

「嗯、嗯……？」

「不、不客氣……？」

在美術社打聽完消息後，我在去醫院前，先回了柊子家一趟。

目標是前一天發現的柊子畫像，以及小學的畢業紀念冊。後者我花了一點時間才找到，原來是塞到了壁櫥的最裡面，但我還是成功地把畢業紀念冊挖出來。

封面的校舍照片與校徽讓我覺得十分眼熟，隨即發現這也難怪。因為柊子以前就讀的小學，就是我的母校。其實當初從戶張家的所在位置，腦中就閃過這個可能性，但因為我從小學到大學都是就讀國立或公立學校，所以之前一直沒去在意。

翻開畢業紀念冊尋找後，很快看見了我要找的人物。名字標著「霧島夏海」的大頭照，與「戶張柊子」在同一個班級裡。

相片中笑得天真開朗的夏海，與前幾天我遇到的她簡直判若兩人。

闔上紀念冊後，我閉起眼睛整理蒐集來的資訊，做好覺悟後站起來。

來到醫院，打開病房房門，我的視線與躺在病床上的柊子交會。

柊子正要開口說些什麼，但我搶先切入正題。

「柊子，我在學校稍微調查過了有關夏海的事情。」

瞬間，柊子的臉色丕變。她臉上的表情摻雜了憤怒與焦躁，準備向我發火。

「妳為什麼要這麼做——」

「我知道妳想說我在多管閒事。可是，我還是沒辦法就此坐視不管。」

我打斷柊子的抗議，如此強調。

似乎是明白了事到如今再抗議也沒有意義，柊子溫順地靜默下來。

我往床邊的椅子坐下，按著順序詢問柊子。

「夏海是美術社員，之前為了冬天的比賽很努力在畫畫吧？可是，我聽說她要參加比賽用的那幅畫，在她不來上學之前就被丟進了垃圾桶裡。雖然不是我親眼看到，但我也聽說那幅畫被丟掉的方式很奇怪，不太像單純只是討厭那幅畫。這件事，跟夏海避著柊子有關係吧？」

「…………」

柊子不發一語。既沒點頭肯定，也沒有明確否定。

我謹慎地觀察柊子的反應，同時拿出從她家裡帶來的那張畫像，攤開來擺在柊子面前。

看到人物像，柊子明顯不知所措，甚至倒吸口氣。我接著往下說。

「還有，夏海真正開始畫畫，是在她升上中學以後吧。在柊子房裡找到的這幅畫像，一開始我還以為是妳畫的，但其實這是夏海小學時畫的，然後送給妳的吧？」

柊子的眉毛一挑，語氣平淡地反駁。

「……妳在說什麼？這幅畫既然出現在我房間，當然是我畫的啊。」

「柊子，妳的興趣是畫畫嗎？那為什麼是加入園藝社，而不是美術社？」

「沒為什麼，況且要加入哪個社團是我的自由吧。就算興趣是畫畫，也不見得每個人都能成為畫家啊。」

柊子的回答非常冷淡，但她的回覆讓我覺得不太自然。

她並沒有正面回答自己為何加入園藝社，很顯然是刻意避免提及。我於是繼續追問。

「是啊。但是，妳也沒有不加入的理由。既然妳的興趣是畫畫，好友夏海也加入了美術社。而且我在妳的隨身物品裡面，除了這幅畫像以外，從沒在其他地方看過任何圖畫。就連筆記本的角落也沒有半點塗鴉。」

柊子在病床上仰望我，表情隱隱帶有責怪之意。但是，我仍是窮追猛打。

別看我這樣——不對，搞不好我就是外表看起來的這樣——其實我這個人很難輕易死心。

「雖然我不曉得實際上發生過哪些事情，但夏海與柊子是小學的時候因為這幅畫變成好朋友，她也決定升上中學後要加入美術社。但是，現在妳會刻意把這幅畫像藏起來，是因為與夏海吵架以後，不想再看到這幅畫。我說的沒錯吧？」

美術社的社長曾說，夏海從剛入社就展現出繪畫的才能。雖然我還沒看過夏海現在的作品，但這幅人物像即使要說好聽話，完成度也沒有高到能讓學姊們眼睛一亮。倘若這是夏海的作品，應該是小學時畫的會比較合理。

柊子別過臉不看我，用少了幾分氣勢的聲音反駁。

「請不要胡說八道。這些全是緣小姐的猜測，妳沒有證據能證明這是夏海畫的吧。」

「嗯，是沒有。但是，如果柊子能當場畫出一樣的肖像畫，就可以給我當參考。妳的手能動吧？」

我用柊子自己的身體遞出筆和筆記本，柊子的表情明顯慌了心神。

「……這……」

一陣猶豫不決後，最終柊子徹底陷入靜默。

老實說，確實如同柊子說的，有一半都是我毫無根據的推測。但就算我猜錯了，我也覺得無所謂。因為重要的是我想讓柊子知道，自己是真心想幫她們和好。

那麼結果究竟如何呢——柊子緊捏著被子，用細若蚊蚋的聲音說了。

「為什麼？」

她的這句問話帶有著困惑、看開，與些許的期待。

柊子眼眶泛淚，抬眼往我看來。

「為什麼緣小姐要執著於插手管我們的事情？牽扯進來只有麻煩而已，一點意思也沒有啊。」

在柊子這番話中，窺看得到她想推開我的故作冷漠。

為了消除她的不安，我非常爽快地回道：

「跟我又不是毫無關係。因為我現在是戶張柊子啊。」

「不對，我指的並不是這件事……」

我故意答非所問，病房內的氣氛一下子緩和下來。

我放鬆緊繃的肩膀，仰頭看向白色天花板。

「因為我不想讓人生留下後悔。」

當然這種與人交換靈魂的體驗我也是頭一次，但是此刻盤踞在我胸口的情感，我已經體會過很多次了。

回顧自己至今的人生，我開口道：

「柊子，我想妳應該也注意到了，我會『想活得毫無遺憾，就算明天死了也沒關係』，就是因為我生了病。可是……選擇了生活方式以後，如果不刻意去實行，很容易轉眼就忘了。我以前待的那間公司是所謂的無良企業，每天我都只忙著處理眼前的工作，不知不覺間就自私地傷害了許多人。當我察覺到這件事的時候，我心想：『自己到底在做什麼啊？』然後覺得這樣的自己好沒出息。」

我傷害的，不只是工作上有直接相關的人們。對於他們身邊的人以及家人，肯定或多或少也造成了一些負面影響吧。

我曾吐露過自己的罪惡感，上司與前輩卻都說：「這個社會和工作就是這樣。」但是我的壽命短暫，沒有時間能夠變得像他們那樣豁達。

「所以那時候，我改變了自己的想法。壽命不長的我，不可能隨時有機會可以挽回和補救。只要自己當下的心情有任何疙瘩，絕不能等到以後再消除。畢竟我根本不曉得自己什麼時候會死，所以要讓自己隨時都能抬頭挺胸地迎接死亡。」

很多人都對我說，我這樣的想法太孩子氣、太天真了。但是，如果成熟要用不合理的欺壓他人來換取，那我寧可不要。

因為若在長大成人的同時，就對未來不再懷抱希望，那活著還有什麼意義呢。

所以，那個時候我才會挺身去救柊子。全是為了不讓自己短暫的人生，往後都在悔恨中度過。

「我知道這種私人的煩惱，妳不會想向毫無關係的外人傾吐。可是，那種犯了錯的痛苦、感到孤立無援的寂寞，我自己都曾有過深刻的體會。所以，要是夏海與柊子始終都無法和好，我實在無法坐視不管。如果光靠柊子一個人很難與夏海和好如初的話，希望妳能讓我一起幫忙。」

我直視柊子的雙眼，神色認真地向她訴說。

經過短暫的沉默，柊子的腦袋瓜忽然往下一垂。

「……我知道了。反正再這樣下去，我看也只是時間早晚的問題吧。」

聽到柊子咕噥說出的這句話，我忍不住喜笑顏開。

但用不著說，我還只是站在起跑線上而已。但是，看到柊子終於開始慢慢信任我，我還是非常高興。

柊子搔搔臉頰，瞄了我一眼後小聲嘀咕。

「其實我也曾一度心想……或許該向緣小姐坦承一切。」

「是、是嗎？」

「是的。因為緣小姐之前曾奮不顧身地跳下月臺來救我，也和我不一樣，已經出社會了，還有……」

柊子說到這裡停頓下來。

我歪過頭，催促她往下說。

「還有？」

「不，沒什麼。對了，關於夏海……」

柊子只是緩緩搖頭，回到正題。

「大致上就和緣小姐的推測一樣。我和夏海會成為朋友，是因為小學的時候一起做作業。但我們的個性南轅北轍，所以很長一段時間都沒有變熟，是後來班上同學欺負我的時候，夏海挺身而出保護了我……自那之後我就非常信任夏海，我們還送給對方自己手做的禮物，當作友情的證明。送我畫像的夏海說她想當畫家，送髮飾的我則想成為植物學家，我們彼此也很支持對方的夢想。」

從柊子溫柔的口吻，聽得出她有多麼重視夏海。

但也是因為這樣，我無法理解兩個人為何現在如此疏遠。

「那麼……妳們的友情為什麼突然破裂了呢？」

我直截了當地問。柊子的嘴唇抿成一條直線，然後她一口氣說完。

「因為我否定了夏海的夢想。」

柊子低垂著頭，彷彿隨時會哭出來。然後她顫抖著嘴唇，一臉難受地接著說明。

「我對夏海說，妳根本不可能找到夢想中的景色，再怎麼努力也只是浪費時間。因為在那之前……那個，因為我有點誤會，很生夏海的氣。以為夏海也在否定我的夢想，所以……」

柊子像在思考該如何開口，說出的話語斷斷續續，還越來越小聲。大概是心裡非常愧疚，表情也十分痛苦。

我觀察她的表情，用手指抵著下巴問：

「所以妳就以其人之道，還治其人之身？」

聞言，柊子不語地低下了頭。

我輕輕閉上眼睛，低聲喃喃自語：

「……這樣啊。不過，不管畫家還是植物學家，確實都是很難當上的職業呢。」

——話說回來，我當時雖然是第一次見到夏海，卻對她說了不該說的話呢……

上次的失敗有可能讓情況更加棘手，但已經發生的事情也無可奈何。現在只能努力思考接下來該如何挽回，然後採取行動。

停頓了相當長一段時間後，柊子再度開口。

「但是，夏海突然暈倒真的不在我的預料之中。她因為沒有嚴重到需要住院，所以我隔天就向夏海道歉了。可是，夏海根本不肯聽我說話，還在我面前撕毀她參加比賽用的作品……雖然她現在聲稱是因為參加比賽壓力太大，要請假在家休養，但我覺得她其實是不想見到我。」

柊子做出了這個結論後，病房內好一會兒安靜無聲。病人與護理師往來於走廊上的腳步聲格外響亮。

我在腦海中整理聽到的資訊，然後睜開眼睛問柊子。

「柊子，這真的只是妳和夏海的問題嗎？」

「咦？」

聽到我的問題，柊子驚愕地大叫出聲。

我豎起食指，隨口說出自己想到的假設。

「妳看嘛，會不會其實是有個人做了什麼事情，然後把責任推到妳身上？因為我實在不覺得妳們的友情會這麼突然破裂。」

好一半晌，柊子的目光都躊躇地在空中游移。

最終，她以細若蚊蚋的聲音回答了。

「……我承認確實有外力因素。」

病房內明明很安靜，但柊子的話聲仍小到了必須豎起耳朵才聽得見。

她緊捏著被子，訥訥地娓娓道來。

「班上的淡河同學從第二學期開始當上了學生會長，自那之後，學校整體的氣氛就變得有點奇怪。考試成績變成了選班長和學生會成員的必要條件，大家也開始根據成績好壞來分地位高低……明明第一學期的時候大家感情都很好，現在卻處處充滿對立。」

「嗚哇～原來淡河同學是這麼可怕的暴君。」

我毫不掩飾地皺起臉龐。不過，其實我多少也有這種感覺。

我曾著手進行調查，發現淡河真鴇其實是日本數一數二大的ＩＴ企業「淡河SYSTEMS」的社長千金。我們公司也在使用他們開發的雲端服務系統，校內應該也有不少學生的家長是在子公司上班吧。不僅父母有影響力，再加上真鴇本身的優秀成績，能夠實際掌控整間學校也不足為奇。

想起真鴇說過的話，我再問柊子。

「那麼，淡河同學曾說柊子是與她對等的朋友……」

「……那只是我不敢拒絕淡河同學，實際上與她並沒有那麼要好。」

柊子用細不可聞的聲量說完，隨即明確地搖搖頭說：

「可是，這不是全部的原因。會和夏海吵架，都是我的錯。如果我的意志再堅定一點，事情就不會變成這樣了……」

柊子這番話並不是要袒護他人，只是對自己的行為感到歉疚。

我點一點頭，露出微笑安撫柊子。

「我知道了，總之能做的就試試看吧。當然最終還是得由柊子設法解決，但我至少可以幫妳製造機會。」

「那個，妳真的不用太勉強喔。要是因為這件事惹出其他麻煩，可能會一發不可收拾……」

柊子說著說著有些激動，似乎打從心底感到不安。

現在竟然是中學生在擔心我惹出麻煩，我不禁覺得好笑，伸出食指戳了戳自己身體的頭，用輕佻的語氣說了。

「啊哈哈，放心吧。別看我這樣，大姊姊活在這世上的時間可是妳的兩倍喔。」

大概是覺得我得意忘形起來，柊子沒好氣地睨我一眼。

「但緣小姐第一次見到夏海的時候，不是還慌得六神無主嗎？」

「我、我才沒有六神無主呢！……呃，當時可能有吧！但那是因為太過突然，我只是嚇了一大跳！」

被人踩到痛處，我鬧彆扭地別過頭。停頓了一拍後，我恢復正經的表情又說：

「另外，有件事我也有點在意。」

「什麼事？」

柊子納悶反問後，我說出自己在學校想到的假設。

「就是柊子與夏海鬧僵，說不定跟我們靈魂互換這件事有關。」

這才是我硬要插手管兩人閒事的主要理由。

瞬間，柊子整個人顯得有些緊張，但她似乎不怎麼意外。她八成也想到了這個可能性吧。

我注視著戶張柊子小小的掌心，反覆張開握緊。

「原本是死黨的柊子與夏海在大吵一架之後，我與柊子的靈魂就互換了。我不認為這只是單純的偶然。而這之間究竟有什麼關連？為什麼偏偏是我？雖然現在一切都還不清楚，但我還是無法袖手旁觀。而且說不定妳們兩人的和好，就是我們能變回來的關鍵啊。」

聽完我的猜測，柊子只是聲音乾啞地簡短附和。

「……是啊。」

接著我向她報告這幾天發生的事情，再請柊子告訴我夏海家的地址，然後離開醫院。

步出正門玄關，一天比一天冷冽的寒意迎面而來，我打了個哆嗦。現在天色也暗得很快，明明剛過四點，夕陽就幾乎不見蹤影。

望著染作橘紅色的地平線，我回想剛才的情景。

——柊子，這真的只是妳和夏海的問題嗎？

聽到這個問題時，柊子的目光無措地來回遊移，那副模樣令我印象深刻。

看她那麼慌張的樣子，很明顯柊子還有事情瞞著我。如果我的預感沒有出錯，她所隱瞞的事情，正是這次問題的核心。

雖說一切都是為了讓我們兩人變回來，但還是得顧及柊子的心情，所以我盡可能不想逼她開口。況且比起她隱瞞的事情，有件事更令我在意。

——讓柊子不得不隱瞞「某件事」的理由，究竟是什麼呢？

兩人相識的契機，是因為小學某堂課的作業，就是針對喜歡的藝術作品提交一份感想。

大多數人都去了三樓聯絡走廊上的作品展示區尋找目標，完成這項作業。主因是大家都懶得去美術館，以及就算看了優秀的藝術作品，大概也看不出價值所在吧。而如果直接在校內尋找目標，不僅可以趁著休息時間輕鬆完成，也有不少作品都相當好寫感想。

霧島夏海也和其他人一樣，打算挑選學校展示區裡的作品完成作業。只不過，她的理由與其他學生不一樣。

因為校內的作品展示區裡，有一幅夏海打從以前開始就非常喜歡的畫作。在夏海心目中，那幅畫比任何著名的藝術作品都要優秀，也更有價值。

作品名稱是《冬天盛開的花》，作畫者是早在十年前就畢業的校友。

整幅畫很簡單，就只是櫻花在紛飛的雪花中盛開。乍看下這幅作品使用的顏色並不多，但也因此在一整片都是小孩子用原色塗滿圖畫紙的展示牆上，看起來格外醒目，技巧也特別精湛。彷彿揮舞畫筆的時候，作畫者真的親眼看到了這般夢幻的景象。

為了完成作業，夏海放學後去看了《冬天盛開的花》。因為休息時間會有其他孩子跑來跑去，讓人無法平心靜氣，而且她想久違地好好觀賞，不被任何人打擾。

來到三樓的展示區後，她發現有個少女也在這裡。對方似乎和夏海一樣，目標是《冬天盛開的花》。她一動也不動，入迷地望著那幅畫。

夏海頓時倍感親切，決定試著與她攀談。

「妳也喜歡這幅畫嗎？」

少女嚇了一跳地回過頭來，臉上流露出畏怯。

她在嘴裡發出含糊不清的話聲，急急忙忙打算離開。

「嗯、嗯……對不起，我馬上讓出位置。」

「啊，別急別急。我們一起看吧。」

夏海叫住少女後，她好一會兒似乎遲疑著要走還是要留，最終依夏海說的留下。

好段時間，兩人只是靜靜注視那幅畫。

夏海走到圍繩前面，連細節也不放過地認真打量。

「這幅作品畫得真好，我也很喜歡喔。只要看著這幅畫，就能讓人產生勇氣，覺得只要努力就能做到任何事情。」

夏海往帶來的筆記本寫下感想後，慢慢地轉向少女。

「妳是戶張柊子同學吧？我是霧島夏海，請多指教囉。」

這就是柊子與夏海相識的情景。

個性害羞內向的柊子，結結巴巴地回應。

「妳、妳好，叫我柊子就可以了。」

「是嘛，那妳也叫我夏海吧。柊子，妳也挑了這幅畫寫作業嗎？」

柊子點點頭後，夏海再以崇拜的眼神看向畫作。

「就算只有一次也好，真想親眼看看這麼漂亮的景色呢。」

「看不到的。」

然而，柊子的回答卻非常煞風景。接著，她以平淡的語氣向夏海說明。

「我問過理化老師了。老師說負責傳播花粉的昆蟲與人類不同，無法調節體溫，所以櫻花若選在冬天開花，根本一點意義也沒有……因此像這種在紛飛雪花中盛開的櫻花，只有在繪畫的世界裡才看得到。」

說完，柊子看著《冬天盛開的花》露出落寞微笑。

「但撇開這些事情不說，我還是喜歡這幅畫。因為就像夏海說的，會有種得到安慰的感覺。嘿嘿，但這大概只是我的錯覺吧……」

「這種事誰能保證呢。」

夏海不由自主地插嘴打斷，然後逼近柊子，只見她滿臉驚慌。

「咦？呃，那個……」

「老師也不一定知道這世上所有的事情吧？他們只是看過書本以後，擁有書本上的知識而已。就算日本沒有，但說不定這個世界的其他地方，確實存在著冬天會盛開的櫻花啊。就算不是櫻花，也可能有其他種花會在冬天盛開吧。開在雪地裡的花朵一定非常美麗。」

夏海完全是想到什麼就隨口說出。但是，看到柊子難過的模樣，她就是無法什麼也不做。

想像了那幅畫面以後，柊子眼中亮起光芒。

夏海握住柊子的手，話聲雀躍地說了。

「以後我們一起去探險吧。說不定這附近就有冬天會盛開的花喔！」

聽完夏海連珠炮似的話語，柊子怯生生地點頭。

儘管怕生的柊子沒有表現出來，但她心裡其實滿溢著暖暖的喜悅。

自那之後，柊子與夏海開始常有交集，但由於柊子害羞內向，一直不太能夠對個性大剌剌的夏海敞開心房。但是，對於夏海願意來找自己說話，柊子心裡其實十分高興；而夏海也光是柊子願意回應自己的寒暄，就感到非常開心。

能夠因為《冬天盛開的花》而結識，兩人也都覺得是很珍貴的緣分。

兩人的關係有了變化，是在柊子被班上男生惹哭的時候。

柊子向來沉默寡言、總是自己落單，因此經常成為班上同學欺負的對象。在沒有朋友可以依靠的情況下，班上那些半是好玩地說著過分話語的男同學們，對柊子來說是生活中的一大威脅。

柊子的興趣是做手工藝，那天當男孩子們擅自亂摸她做得不太好的飾品，還故意取笑她時，她忍不住哭了出來。見狀，男孩子們更是落井下石地嘻嘻賊笑。

「唉~戶張，妳怎麼哭了啊。」

「有什麼辦法嘛~看到這麼奇怪的狐狸，任誰都會笑出來吧。」

「這才不是狐狸……是小狗……」

「啊？這是小狗？不不不，怎麼可能啊～」

「戶張，我們可是為了妳好才這麼說的喔。」

「對啊對啊，妳每次動不動就哭，永遠也長不大的啦～」

「你們在做什麼？」

從廁所回來的夏海，立刻大聲喝斥團團圍住柊子的男孩子們。

她接著推開嚇了一跳的男孩子們，把手放在柊子肩膀上。

「柊子，妳沒事吧？」

「夏、夏海……」

夏海怒目瞪向班上的男生們。他們雖然有些畏縮，還是試圖狡辯。

「妳、妳反應太大了吧，我們只是捉弄她一下而已……」

「對、對啊，誰叫戶張是愛哭鬼，我們是為了讓她振作起來……」

夏海沒等他們說完，單手拍桌怒吼。

「如果柊子是愛哭鬼，那你們就是討厭鬼！下次再敢惹哭柊子，我絕對饒不了你們！」

男孩子們一致靜默下來，臉色尷尬地散開。親眼看著他們離開後，夏海才氣勢凌人地回到自己座位上。

直到下一堂課的鐘聲響起為止，教室內始終鴉雀無聲。

夏海的警告非常有效，自那天之後，沒有人再欺負柊子。

只不過糟糕的是，偏偏那群人裡頭有個在班上很受歡迎的男同學。由於他在眾人面前丟了臉，對他有好感的幾個女孩子便聯合起來，開始排擠夏海。

柊子雖然察覺到了這件事，卻害怕著自己又會被人欺負，所以遲遲不敢開口幫夏海說話。對於自己還把夏海看起來不以為意的樣子，當作是視而不見的藉口，柊子更是深感厭惡。

但是，某個女孩子說的話卻點燃了柊子的怒火。

「欸，戶張同學，妳知道嗎？」

那天有兩個女同學來找柊子說話，一臉不懷好意地勾著嘴角。

她們十分刻意地瞥向夏海所在的方向，壓低音量說起悄悄話。

「霧島同學她啊，說戶張同學根本是個陰沉又無聊的書呆子喔。妳不覺得她這個人真的很差勁嗎？」

出乎意料的告密，讓柊子懷疑自己的耳朵。

「……咦？夏海這樣說我嗎……？」

聽到柊子的反問滿是疑惑，兩人的心情似乎變得很好，更是滔滔不絕起來。

「對啊。虧她之前還講得那麼有義氣，結果只把戶張同學當成是膽小的跟班而已嘛。」

「妳最好還是小心一點喔～聽說霧島同學在每個人面前都是不同的樣子……」

「妳們不要胡說八道了！」

柊子頭一次抬高了音量反駁，兩個女同學都驚愕地全身僵直。

其實柊子自己也十分吃驚。但是，她沒有去抑制自己激動的情緒，反而接著說出自己的想法。

「夏海才不會說這種話！她才不像妳們一樣只會中傷別人！別瞧不起人了！」

夏海總是開心地訴說自己對於《冬天盛開的花》的看法，積極找柊子說話，還挺身保護了被人惹哭的柊子。這樣的她，絕沒有理由說柊子的壞話。

落寞地坐在位置上的夏海，在柊子大聲說話後轉過頭來——一與柊子四目交接，她啜泣著哭了起來。

至今不管遇到什麼情況，夏海總是表現得非常堅強。這還是柊子第一次看到夏海這副模樣，她只好不知所措地牽起夏海的手，離開教室來到走廊，再走向毫無其他人影的頂樓階梯。

抽噎啜泣的夏海跟她平常勇敢無畏的樣子實在相差太多，柊子戰戰兢兢開口。

「那個，夏海，妳沒事吧？是我說錯了什麼話嗎……？」

夏海搖了搖頭，用微弱的聲音回答。

「沒有……不是的，我是因為太高興了……」

似乎是稍微冷靜下來，夏海吸吸鼻子，用通紅的雙眼看向柊子。

「其實啊，班上的女生曾跟我說：『柊子私底下說妳是一個不會讀書的笨蛋。』」

「咦咦？我根本從來沒說過這種話！」

聽到這種無憑無據的造謠，柊子震驚又憤慨地提高嗓門。

夏海點點頭，訥訥地繼續說：

「嗯，我也知道她們在騙人……可是內心深處又忍不住懷疑，覺得會不會真的是這樣，也沒有勇氣向妳確認。因為柊子和我在一起的時候，看起來並不是很開心的樣子，我就擔心妳是不是覺得我很煩……」

夏海說得越來越小聲，柊子感到胸口一陣刺痛。

「……這樣啊。」

柊子並不討厭夏海來找自己。她只是因為自己說話口齒不清晰，又不擅長配合別人的步調，所以對於要結交親密的友人感到退縮。但她這種若即若離的態度，反倒讓夏海無謂感到不安。

兩人默默不說話時，上課鐘聲在走廊上響起。

「啊，上課了……」

柊子抬起頭來，夏海則頂著哭紅的雙眼，淘氣一笑。

「嘿嘿，不如我們翹課吧？」

由於才剛在教室裡怒吼過，其實柊子也很猶豫該不該直接回去，聞言不禁有些難為情。

坐在通往頂樓的冰涼階梯上後，夏海摩擦雙手，開口說了。

「柊子，我啊，將來想當職業畫家。」

夏海突如其來的宣言，讓柊子瞪大眼睛。

「咦……感覺有點意外呢。」

因為夏海一向給人活潑開朗、會在戶外奔跑的感覺。夏海自己也知道這一點，搔了搔頭掩飾害羞。

「對吧？所以這件事包括父母在內，我還沒有告訴過任何人。我想成為一個畫出的作品可以感動人心的畫家，就像那幅《冬天盛開的花》一樣。」

柊子沒有嘲笑夏海的夢想，反而用力點頭說：

「這個夢想很了不起呢。我會支持夏海的。」

「謝謝妳。不過，我也知道這條路不簡單啦。」

夏海紅了臉頰，綻開笑容。

看著夏海的笑容，柊子決定也吐露自己的夢想。神奇的是和夏海一樣，這件事她也還沒有告訴過任何人。

「至於我呢，其實想當植物學家喔。」

聞言，夏海直直盯著柊子的雙眼。

「植物學家？難道是因為……」

柊子環抱膝蓋，接下去說了：

「因為我想研究現實中有沒有『冬天盛開的花』。夏海曾經說過，也許這個世界的某個地方就有這樣的花。這句話一直在我心裡揮之不去，所以……」

夏海仰頭看向冷冰冰的天花板，發出長嘆。

「真不可思議。明明契機是一樣的，我們兩人卻在追尋截然不同的夢想。」

「嗯。可是，可以各自往不同的未來前進，我覺得這樣很棒啊。」

柊子重新面向夏海，端正坐姿說了。

「夏海，對不起，至今一直和妳保持距離。我如果早點敞開心房，可能就不會讓妳留下這些討厭的回憶了。」

夏海堅定搖頭，拒絕接受柊子的道歉。

「這種事我才沒放在心上呢。而且我之前的確有點太裝熟了。」

「可是……」

見柊子仍然介意，夏海便稍做妥協，神色一亮提議說：

「不然這樣。作為友情的證明，我們送給對方一個自己親手做的東西吧？」

夏海的提議太過出乎預料，柊子眨了眨眼睛反問：

「可、可以啊……但是要做什麼？」

「我想想喔……柊子就做那個吧。妳不是很常用串珠做些亮晶晶的小飾品嗎？我一直很想要一個呢。」

「送、送那種東西好嗎？可是我做得很爛，男生們還老是笑我……」

「是我想要的，有什麼關係！男生們怎麼想根本不重要。」

夏海打斷柊子自卑的發言，強勢地如此主張。

被夏海的強勢影響，柊子接著說了。

「知道了，我會努力做得漂亮一點送給妳。那夏海也要做一樣的東西嗎？」

「嗯……也不是不行啦，但既然要送，我想送只有我能送的東西。」

夏海沒有明確回答，但柊子已經猜到了她是指什麼。

「只有夏海能送的東西，難道是……」

看見柊子投來的探問眼光，夏海難為情地稍微別過臉龐，態度驟變地囁嚅聲明。

「……不可以笑我喔。我才剛開始畫而已。」

第四章

按下重置鍵前

兩天過去後又來到了星期一，結果我和柊子還是沒有變回來。靈魂互換的神祕現象持續得比我預期中要久，讓我開始感到心急。

手托著腮坐在自己位置上，我努力整理思緒。

現在我已漸漸習慣以中學女生「戶張柊子」的身分過生活，但這種情況當然不能永遠保持。目前我的身體雖然還算穩定，但誰也不曉得病情會不會突然惡化。

最糟糕的預想，就是柊子的靈魂會連同我的肉體一起死去。我擁有的時間不多了。雖然我至今都小心行事，不讓柊子的家人和學校同學們起疑，但現在好像不能再從容地靜觀其變。

靈魂互換的現象固然不科學，但我也不覺得會無緣無故發生。以目前情況來看，柊子與夏海的決裂是最有可能解除這種現象的線索。與夏海大吵一架後，柊子因為太過後悔而選擇逃避，結果我與柊子的靈魂就互相交換了。因此進入柊子體內的我，必須修復她與夏海的關係，成功的話就能變回來——先不討論為什麼是與我互換，但我覺得自己梳理出的梗概很合理。

所以我連續兩天都去夏海家登門拜訪……但結果可說不出所料，每次都被她狠狠地拒於門外。

『我跟柊子沒什麼好說的。』

『我沒有時間浪費在妳身上。』

……老實說，不斷被中學女生這麼嫌棄，就連我也快要心靈受創。可是，現在也沒有其他能做的事情。就算有可能讓夏海更討厭我，最好還是鍥而不捨。

但是，萬一和好了以後我們還是沒有換回來——

「五十嵐同學，妳上星期五好像忘了自己是掃地值日生吧。」

教室內忽然響起一道凜然話聲，將我拉回現實。

轉頭往後一看，只見淡河真鴇正環抱手臂，與名為五十嵐的高個子女生對峙。在真鴇冰冷目光的注視下，五十嵐試著反駁。

「我、我之前就說過了，我那天有補習，要請假一天！」

「藉口就不必了。如果是因為有事無法當值日生，五十嵐同學應該要找人代替自己吧？」

真鴇的聲音充滿威嚴，完全感覺不出她還比五十嵐矮了半顆頭。明明是同年的中學生，兩人看起來卻像是教師與學生。

五十嵐環顧教室試圖求助，最後一臉快哭出來地抗議：

「這也太奇怪了吧！我無法接受突然有這種規定！」

「我可是全校學生選出來的學生會長喔。我是在得到學生們的信任以後，才訂下『班上成績倒數最後十名的學生要負責雜務』這項規定，目標也是為了讓全校學生培養上進心。大家，我說的不對嗎？」

真鴇問向眾人，班上同學們全都一震，不約而同從真鴇兩人身上別開目光。誰也沒有開口反駁。

真鴇露出愉快淺笑，動作優雅地將指尖抵在唇邊。

「看吧，這就是答案。五十嵐同學若有任何不滿，可以想辦法提升自己的成績，不然就是當上學生會長改變規則呀？這點程度的努力也不肯付出，就把氣出在我身上，真是太難看了。」

接著，真鴇走向自己的座位，並在經過五十嵐身旁時宣告：

「由於五十嵐同學不肯承認自己的錯誤，甚至不知反省，罰妳整個第二學期每天都要自己一個人當掃地值日生。我不接受任何辯駁。」

「怎麼這樣……！」

五十嵐一臉愕然，但真鴇不再理會分毫，專心看起自己的課外讀物。

五十嵐緊咬著唇，眼眶裡滿是淚水，然後一個箭步衝出教室。

下一秒，我的身體不假思索地展開行動。

「等一下，五十嵐同學！」

我在校舍門口追上五十嵐，伸手搭住她的肩。

五十嵐回過頭來，臉上滿是淚水。

「放開我！」

甩開我的手後，五十風當場無力地跌坐下來。

她不斷用手抹著眼角，悲痛哭喊。

「明明戶張同學從來也沒有開口幫我說過話！反正妳一定和淡河同學私底下在笑我吧！算了！我受夠這種學校了！」

聽著她像是硬擠出來的字句，我的胸口彷彿被人勒住。

我再度伸出雙手搭在五十嵐的肩膀上，筆直注視著她勸道：

「五十嵐同學，妳冷靜一點！聽我說！」

五十嵐總算稍微冷靜下來，我話聲平靜地開口。

「那個，到時我也一起幫忙打掃吧。兩個人一起做，很快就能掃完吧？」

「咦？戶張同學為什麼要幫我……」

五十嵐停止哭泣，我對她溫柔微笑。

「因為就算這是規定，我也不覺得該把所有工作全推給一個人。如果無法大家一起開心讀書，來上學又有什麼意義呢……而且——」

我緊接著擺出嚴肅表情，對五十嵐說了。

「打掃時我有事情想問妳。雖然五十嵐同學聽了可能會覺得很奇怪，但妳願意先聽聽我的問題嗎？」

想問的事情自然與柊子有關。雖然現在這樣形同在賣五十嵐人情，但如果可以因此降低傳進別人耳裡的機率，對我來說也比較有利。

五十嵐依然一臉困惑，僵硬地點點頭。

「嗯、嗯，是沒關係……」

聞言我總算安下心來，向蹲在地上的五十嵐伸出手，扶她站起來。

和五十嵐一起回到教室時，大概是因為我突然就衝出去，感覺大家格外留意我的一舉一動。

我無視眾人的目光，走向真鴇所在的座位。

「淡河同學。」

真鴇的雙眼依然緊盯著課外讀物，語氣冷淡地回應。

「有什麼事嗎？如果是五十嵐同學的事情，我完全無意撤回懲罰。」

「雖然我也想講這件事，但現在就先算了。我有更重要的事想問淡河同學。」

我雖有意見，但我本來就是局外人，沒有權利過問學生們自主決定的事情。更何況，現在最好還是把注意力放在如何讓我與柊子變回來。

我一邊回想前些天與真鴇的對話，一邊問了：

「之前妳說過，夏海不配和我當朋友吧。具體而言妳覺得哪裡不配呢？」

真鴇終於從課外讀物移開目光，抬頭往我看來。

她的表情夾雜著驚訝與困惑，開口問道：

「……戶張同學，妳到底想做什麼？是想諷刺我嗎？」

「諷刺什麼？」

一無所知的我，只能用問題回答問題。

尷尬的沉默持續了幾秒鐘後，真鴇刻意地大嘆口氣。

「霧島同學都已經升上中學了，居然還真心相信『有花會在冬天盛開』喔。」

「……花在冬天盛開嗎？」

真鴇這句話在我心底掀起漣漪。

複述了一遍後，我非常確定。並不只是在哪裡聽過而已。這幾個字，讓我油然心生了某種難以分割的懷念與暖意。

我還在思索既視感的來源時，真鴇語帶嘲弄地繼續說了。

「植物開花不是為了人類，是為了在溫暖的季節引誘昆蟲鳥類前來，幫忙傳播花粉。明明小學的理化課上已經學過這種常識，她還真是名副其實的白日夢大王呢……而且對此一笑置之的不是別人，正是戶張同學妳自己吧？」

我用手指抵在嘴邊，低著頭陷入思考，甚至忘了要回應真鴇。

——是嘛。所以兩人的口角……

柊子說的「夏海夢想中的景色」，並不是在比喻她想成為畫家這個目標，真的是字面上的意思。

我在心裡記下這個關鍵字後，接著問真鴇。

「那夏海為什麼對此深信不疑呢？」

面對我認真的提問，真鴇只是聳聳肩敷衍回道：

「這我怎麼知道。像霧島同學那樣沉迷於業餘愛好，因而荒廢學業的學生，是被不存在的幻想腐蝕了理智吧。所以挑選往來對象的時候應該要嚴格過濾，才不會墮落到跟那種人一樣的水準。」

「淡河同學，雖然是我主動找妳攀談，這麼說可能有點失禮，但妳說話之前是不是該先多想幾秒鐘？」

我忍不住語氣強硬地脫口而出。

居然跟中學生認真起來，我這個大人真是不夠成熟。但是，聽著真鴇自以為是的發言，我心裡開始越來越火大。

我先是做了一個深呼吸，然後對真鴇說了。

「妳怎麼能夠斷言冬天盛開的花並不存在？也許這世上某個地方真的有啊。就算現在沒有，植物經過長年累月的演化，說不定明天就能在冬天開花了。一個人抱有這種希望，難道是那麼糟糕的事情嗎？」

真鴨用打量的眼光注視了我一會兒後，受不了地搖搖頭。

「……是我看錯人了呢。戶張同學，我太失望了。」

然後她拿起看到一半的課外書籍低下頭，再也不看我一眼，冷冷宣告：

「算了，那就這樣吧。如果妳想走在愚蠢之人行走的路途上，隨妳高興。」

被對方用不算回答的回答結束對話後，我充滿氣勢地用力哼了一聲，稍微表達反抗之意。

「……哼！」

雖然有很多話想說，但休息時間也快結束了，況且要是理會國中生的挑釁，那就真的太不成熟了。再說，我已經得到了想要的資訊。

回到自己的座位上，我開始思考剛才為什麼會覺得「冬天盛開的花」很耳熟，順便平復心情。

——夏海說的「冬天盛開的花」，難不成是……

放學後，意外地還有一個人也自願當打掃值日生。
五十嵐垂下眉尾，詢問那名看來怯弱怕生的女同學。
「雪村同學，妳真的要幫我嗎？」
「妳不用擔心我。因為我也覺得學校現在這個樣子很奇怪。」
名為雪村的女同學含蓄地點點頭說。
儘管真鴇趾高氣揚，彷彿在說這是全校學生共同做出的決定，但果然還是有學生心懷不滿。我覺得自己正漸漸看清潛藏在這所學校裡的陰暗面。
三人默不作聲地打掃了一段時間後，我當作閒聊地向兩人發問。
「選學生會長的時候，妳們兩人都投給了淡河同學嗎？」
「嗯。因為淡河同學很聰明，才一年級就想選學生會長，我心裡很佩服她。而且她的領導能力很強，一開始我還非常期待她選上。」
清潔著黑板的雪村難過地低下頭說。
負責擦窗戶的五十嵐也垮下肩膀，深深嘆了口氣。
「其實學生會長選舉的時候，我也投給了淡河同學。我並不是對高年級的候選人有什麼不滿，只是覺得該支持一下同班同學，而且反正只是中學的學生會長嘛。不管誰當選，我都不覺得情況會糟到哪裡去……誰知道她當選以後竟然變了一個人。」

兩人說話時都一臉愁雲慘霧。就連靈魂互換後生活還不到一週的我，也隱約感受得到真鴇的雷厲風行。

我豎起食指，試著樂觀地說了。

「可是，既然淡河同學現在顯露出了本性，那她下次肯定會落選吧？」

即便她是才貌雙全的社長千金，也要經過選舉才能當上學生會長。如今她已暴露出自己傲慢的一面，照理說沒人會再投給她。

然而，明明我這麼說是想安慰她們，兩人的表情卻依然沉重。

「誰知道呢……雖然這麼說不好，但我覺得妳的預測不太可能成真。」

五十嵐停下擦窗戶的手，出神望著玻璃窗上自己的臉。

「例如現在推給我的掃地值日生也是，淡河同學訂的規定，全校大概有三分之二的學生能受惠。像戶張同學與雪村同學都屬於多數派，而我屬於少數派；看到把工作都推給少數派還會覺得不合理的人，大概少之又少吧。如果一半以上的學生都支持淡河同學的做法，我猜她下次還是會當選。」

五十嵐說話時的語氣始終非常冷靜。

清潔完黑板的雪村，也在五十嵐說完後接著開口：

「還有，那個叫作領袖魅力嗎？我覺得淡河同學莫名有種吸引人的力量。她總是信心十足、能言善辯，再加上長得也漂亮。每次聽淡河同學說話，忍不住就會覺得她說的都是對的。我想被迫接下打掃工作的人當中，可能還有不少人仍站在淡河同學那一邊吧……」

「一定有吧。因為就連我也常常被她的氣勢震懾住。」

五十嵐苦著一張臉同意雪村。我彷彿在這所學校裡頭看見了社會的縮影。

我在腦中整理情報後，試著提出其他問題。

「對了，我想問妳們一件事情。雖然我這個問題可能很奇怪，但妳們知道我和淡河同學是從什麼時候開始處得很好嗎？」

「咦？妳問這種事情做什麼？」

雪村一臉無法理解地反問，我搔了搔頭避開正面回答。

「不好意思喔，這麼突然。可是，我真的很好奇。那個，就是其他人對我有什麼看法……」

「咦咦……？戶張同學，妳的問題真的很奇怪呢。」

五十嵐納悶地皺起眉，但還是仰望天花板開始回想。

「我想大概是從兩週前開始的吧。妳開始和淡河同學一起行動，兩個人還會開心聊天。可是，至少第一學期的時候，我記得妳們並沒有什麼交集。」

「我的印象也差不多。雖然這麼說有點不好意思，但戶張同學與淡河同學都給人沒有什麼好朋友的感覺，所以我心裡還很意外……不過，戶張同學從上週起就突然變得悶悶不樂，也不再和淡河同學說話了。」

雪村先是附和五十嵐，然後這麼說道。

接著五十嵐目不轉睛地盯著我瞧，一臉神奇地歪過頭。

「可是，最近戶張同學給人的感覺又不太一樣了呢。不只會積極地找班上同學說話，還像今天那樣頂撞淡河同學。跟這些事有什麼關係嗎？」

「那、那個，可能有關係，也可能沒關係吧……啊哈哈……」

我笨拙地想蒙混過關。大概是覺得我這副模樣很滑稽，五十嵐與雪村都放鬆下來，發出笑聲。

「嗯，看來戶張同學也發生了不少事情呢。」

「不過，我很喜歡戶張同學現在開朗活潑的樣子喔。」

「嘿嘿嘿，沒有啦。」

中學生們的稱讚讓我有些得意起來，同時我分神整理思緒。

柊子悶悶不樂的那段時間，十之八九就是因為和夏海吵了一架吧。而且也與我們靈魂互換的時間符合，看來這個現象，絕對與她和夏海的決裂脫不了關係。

雖然聽柊子的說法，她與夏海的決裂有部分是受到了真鴇的影響，但想想至今發生的事情，我還是不覺得只憑這樣就能解釋一切。第一次來學校那天，我還以為是班上同學在欺負真鴇，但事實上可以說是真鴇在霸凌全校學生。

不如假設一下……其實是真鴇基於某種理由，耍了手段想貶低成績不好的夏海，豈知事情差點敗露，她就把這件事嫁禍到柊子身上。而柊子與夏海就在一無所知的情況下反目成仇，甚至導致夏海不來學校上課。柊子雖然在事後察覺了真相，卻因為事態已經無法挽回，在強烈的後悔下與我交換了靈魂——

假如這是真相，勉強還說得通。那麼要是在設法讓兩人變回來的過程中與真鴇發生衝突，曾對五十嵐伸出援手的我，或許到時也能請她幫忙。

只不過，我內心仍有疑惑。如果兩人會吵架，單純只是因為在校內惡名昭彰的真鴇暗中挑撥，那麼只要坦白說明彼此的情況，應該就能和好吧。沒道理夏海會這麼拒我於千里之外，柊子也瞞著詳情不肯告訴我。還有，為什麼是我與柊子交換了靈魂？其中原因也尚未釐清。

但是……關於最後一點，我倒是有些頭緒。這也是我硬起來反抗真鴇的理由。

柊子和夏海，曾和我就讀同一所小學。

此外，夏海夢想看見的，在冬天盛開的花。

如果就和我猜想的一樣，那麼說不定——

放學後，我沒有前往柊子所在的醫院，也沒有去夏海家，而是前往某間公立小學。

這裡是我畢業的母校。我在柊子的房間裡找到了這所小學的畢業紀念冊，裡頭還有夏海的大頭照。如果這兩人真與我有什麼交集，就只有可能是在這裡了。

走進教職員室，我向負責接待的職員打招呼。

「不好意思，我是這裡的畢業生，名叫戶張柊子……」

「哎呀，戶張同學？妳最近還好嗎？」

一位年長的女老師從職員身後探頭，出聲向我攀談。

雖然我不認識這位老師，但柊子想必承蒙過她的關照吧。

「是的。因為我忽然很想念母校，想進校內參觀，不知道是否方便呢？」
那位老師不僅沒有拒絕，反倒露出滿足的笑容優雅點頭。
「當然呀。戶張同學真的很喜歡我們學校呢。就連畢業以後也經常回來走動，老師真是高興。」
「……………咦？」
我一時間懷疑自己的耳朵，但老師沒有再說什麼，便遞來入校許可證，所以我只好去完成此行的目的。
目的地是三樓的聯絡走廊。那裡算是校內的小型藝廊，陳設了許多校內學生的繪畫與雕刻等作品。這個空間在我入學以前就存在很久了，在美勞課和比賽上獲得優秀成績的作品都會放在這裡展示。
我的畫作也曾在寒假的繪畫比賽上獲得優秀獎，然後展示於此。
標題是「冬天盛開的花」。在一片繽紛飛雪中，櫻花燦爛盛開，對我來說也是具有重要意義的一幅作品。
然而，此刻我卻沒在這裡瞧見那幅《冬天盛開的花》。畢竟也展示了超過十年以上，可能是撤掉了吧。但是，比我畫作還要古老的幾項作品卻都還留著。

回到教職員室後，我上前找剛才那位女老師，歸還許可證的同時順便詢問。

「請問……關於三樓走廊上《冬天盛開的花》那幅畫，是不是已經撤掉了呢？」

其實我不確定這位女老師是否知道《冬天盛開的花》這幅畫，所以提問時預先做好了得不到答案的心理準備，想不到老師立即回答。

「啊，那幅畫的話，我聽說前陣子作畫學生的親人已經領回去了。」

「咦？」

「現在的孩子們也很喜歡那幅畫喔。因為畫得很好，我本來還希望可以一直擺在校內展示，但也沒辦法呢。」

女老師將目光投向遠方，一臉遺憾。可是，畫那幅畫的人就是我。當然我從來沒把那幅畫領回去，也不記得曾把這件事告訴過家人。

我壓下焦急的心情，接著問道：

「老師還記得那個親人長什麼樣子嗎？」

「不好意思啊，因為那時候不是由我負責接待，所以我也不清楚。」

「這樣啊……」

我就此說不出話來，換老師向我發問。

「對了，霧島同學還好嗎？」

「啊，是，她過得還不錯……」

我中規中矩地回答，不想讓老師擔心。只見她瞇起雙眼，懷念從前。

「我記得霧島同學也非常喜歡那幅畫呢。有機會妳們一起回來玩吧。」

女老師的這一句話，道別後依然在我耳邊縈繞不去。

冬天的寒意日漸凜冽，東方天空已有星星探出頭來。今天好像沒有時間再去找夏海或柊子了。

走在暮色將臨未臨的街道上，我整理著目前已知的消息。

發生在我與柊子身上的，神祕的靈魂交換現象。

從小學開始本為摯友的柊子與夏海的決裂。

夏海夢想中「冬天盛開的花」的景色。

立志成為畫家的夏海，與立志成為植物學家的柊子。

由我所畫的，本該掛在小學展示區裡的《冬天盛開的花》的遺失。

隱隱與這些事情有關的淡河真鴇——

必要的拼圖碎片，好像正逐一匯集起來。

隔天放學後，我再度拜訪夏海家，然而按下門鈴後卻遲遲無人應門。

雖然夏海沒去上學，但也未必會一直在家。我本打算明天再來，但轉念一想，決定先去一下夏海父母經營的蛋糕店。

柊子每天都待在醫院裡頭一定很膩，帶個蛋糕去探望她應該不錯吧。不不，絕對不是因為我想吃。

夏海家的後門就是蛋糕店。穿過自動門後，甜香迎面撲來，同時店內的人影也映入眼簾，我不由得睜大眼睛。

「……夏海？」

夏海正穿著可愛的圍裙站在櫃檯內。看來她今天負責顧店。

看見我走進店裡，夏海也同樣面露吃驚，但馬上充滿威嚇性地板起臉孔，質問我說：

「……柊子，又是妳嗎？今天有什麼事？」

她的語氣非常冷漠，但我毫不遲疑地走到櫃檯前面，表情認真地開門見山。

「夏海，我有話想跟妳說。可以給我一點時間嗎？」

關於柊子、真鴇，還有「冬天盛開的花」，我有很多事情想問她。

聽了我的要求，夏海指著眼前的收銀機回答：

「我沒空。如妳所見，我現在正幫忙顧店。」

「那我也一起幫忙吧。兩個人會比一個人輕鬆吧？」

「不用了，反正現在又沒什麼客人。讓外行人來幫忙也只會添亂。」

「是嘛，那我等妳工作結束。這樣應該可以吧？」

我展現黏皮糖般的韌性，夏海總算屈服，傻眼地嘀咕。

「……隨便妳。」

於是我點了海綿蛋糕與紅茶，在店內的內用區打發時間。

我邊喝紅茶，邊小口小口吃著蛋糕，耐著性子等了一個小時左右，夏海卻始終只顧著接待客人，看也不看我這邊一眼。女高中生們的快樂談笑聲從隔壁座位傳來，聽在此刻的我耳裡只覺心情沉重。

夏海也真是倔強。要是再等一下還是不行的話，今天先去找柊子好了。正當我開始這麼心想時——

「夏海，妳別再鬧彆扭了，去跟人家談談吧。」

一名女甜點師傅從廚房現身，向夏海斥責道。

夏海噘起嘴唇反駁。

「這跟媽媽又沒關係，是我們自己的問題。」

「所以我之前才都插手不管啊。」

夏海母親的臉上不只斥責，也流露出了對夏海的關心。她往我這邊瞥來後，繼續說服夏海。

「可是夏海，要是沒有人推妳一把，妳會一直不肯踏出去吧。如果有該說清楚的事情，就面對面好好談談吧。妳要是覺得就算自己什麼都不說，對方也應該明白，那只是小孩子的藉口而已。」

夏海還是不發一語。她的母親迅速地從甜點櫃隨便夾了一塊蛋糕裝在盤子上，再連同紅茶擺上托盤，硬是推給夏海。

「今天妳辛苦了，去吃塊蛋糕休息一下吧。這樣總行了吧？」

「……知道了啦。」

接過蛋糕後，夏海一臉心不甘情不願地往我這邊走來，在我對面坐下。

夏海臭著臉吃起蛋糕後，我抓準機會向她攀談。

「……那個，夏海。」

我一邊猜想著對面的夏海是什麼心情，一邊深深低下頭。

「真的很對不起。因為我的誤會與無心的話語，讓妳那麼難過，我真的深刻在反省了。可是……我想像以前一樣，慢慢和妳變回朋友。只要能補償妳，什麼事我都願意做。」

聽完我發自內心的告白，夏海卻沒有看我一眼，繼續吃著蛋糕冷冷回道：

「滿嘴謊話，妳明明只會嘴上說說而已。」

我猛地抬起頭，立刻反駁。

「我才沒有說謊！那妳告訴我，我到底該怎麼做——」

「那把那幅《冬天盛開的花》還回來啊！」

然而我才說到一半，就被夏海打斷。

聽到她以強硬語氣說出的那幾個字，我的氣勢霎時全消。

「冬天、盛開……」

真鴇說過的話、消失在小學展示區裡的畫作，以及夏海所說的「還回來」。

這三件事瞬間在我心中串連起來。

但我才剛剛弄清楚，還來不及開口回話，夏海就用力哼了一聲，彷彿在說「我就知道」。

「看吧，這件事妳果然辦不到。這下妳明白了吧？我和柊子是永遠也不可能和好的。」

「等、等一下，不是這樣的，我……」

我急著想要解釋，夏海卻只是煩躁地不住搖頭。

「沒有什麼是不是。更何況早在妳說都是自己誤會了、那些是無心話語的時候，我們就已經是徹底的兩條平行線了。我就是明白了這一點，後來才得去醫院看病，還沒有辦法去上課。要是我在跟妳談話的時候又暈倒了，又被救護車送去醫院，妳打算怎麼負起責任？」

「…………」

「……不過，其實我的症狀也沒有自己說的那麼嚴重，有一半是裝病啦。」

大概是看我沉默以對，多少心生同情，夏海小聲地補上這一句。然後她短短嘆了口氣，重新調整心情後，斷然說道：

「總之就這樣吧。柊子妳也快點忘了我這個不去上學的人，好好跟學校裡的朋友相處吧。比如淡河同學。」

說完，明明蛋糕還剩下半塊以上，夏海卻打算直接收走。

我抓住正要起身的夏海手腕，把她留在原地。

「等一下，夏海！」

夏海扭頭往我看來，火大皺眉。

但我仍是與她面對面，語氣堅定地說了。

「如果是那幅畫，我有辦法解決。我會找到畫那幅畫的畢業生，就算要我下跪，也會請她再畫一幅。所以到那時候，妳能不能重新考慮一下？」

剛才我會噤不作聲，並不是因為我死了心，覺得這不可能。我只是在找到了與夏海和好的突破口後，一時間卻想不到該怎麼向夏海表達。

我所畫的《冬天盛開的花》，跟柊子與夏海的爭吵有著密切關連；不僅如此，多半也跟我與柊子的靈魂互換有關。我死也不能放開這條線索。

見我鍥而不捨，夏海用納悶的眼光盯著我瞧。

「……妳為什麼要做到這種地步？就算和我來往，也對柊子沒有任何好處啊。」

「這跟好處沒有關係。不管是夏海，還是《冬天盛開的花》，我都不想就此放棄。我想再次和夏海一起尋找那幅景色。」

聞言，夏海瞪大雙眼，倒吸口氣。

然後她默默地低下頭，肩膀不停顫抖。

「為什麼……這種事情……」

接著夏海雙手用力拍桌，猛然起身怒吼。

「不要事到如今才說這種話！」

怒聲咆哮以後，夏海哭了。從她臉頰滑落的淚水滴進了紅茶杯裡。

看到夏海緊緊咬牙，強忍淚水，我不由自主屏住呼吸。

愣住了的我，只能茫然地喃喃喚道：

「夏海……」

夏海沒有對這樣的我懷抱絲毫同情，更是情緒激昂地吶喊。

「都是柊子害的，我再也沒辦法畫畫了！我們家因為沒有錢，得拿出成績申請獎學金，才有辦法就讀美術相關學校，但現在我連這種事都不可能辦到了！結果呢？妳不要因為自己產生了罪惡感，為了讓自己安心，就跑過來要我原諒妳！那種好聽話說得再多，對我來說又有什麼用！」

店內一片悄然無聲。

在可以聽見耳鳴的靜寂中，鄰座的女高中生們匆匆離開，夏海的母親則站在櫃檯裡頭擔憂地看著我們。至於我這個當事人，說來實在很沒出息，面對夏海的厲聲指控，只能靜默無語。

大概是情感爆發後也恢復了理智，夏海重新坐回椅子上，動作粗魯地抹去淚水，毫無情緒起伏地說了。

「算了，事到如今我就告訴妳吧。我已經打算第三學期要轉學。」

「咦……轉、轉學？」

夏海不以為意地說出的這兩個字，讓我徹底慌了手腳。

夏海自暴自棄似地把剩下的蛋糕塞進嘴裡，好像想藉此把所有情緒也吞下肚。然後她端起紅茶杯，用力一灌吞下蛋糕，接著說了：

「雖然還沒決定要轉去哪所學校，但至少我不打算再回雲雀島中學了。所以柊子現在在做的事情……不對，是妳至今為我做的各種努力，都只是徒勞而已。而且我本來並不想告訴妳這件事的……」

夏海的聲音始終非常冷靜，足以讓我相信她並不是一時衝動在說氣話。

意想不到的發展，讓我無法立即反應過來。

「怎麼可以說是徒勞呢——」

看著我茫然自失的表情，夏海發出冷笑。

「妳那是什麼表情？沒必要那麼吃驚吧。柊子和我個性既不一樣，擅長的事情與夢想也不一樣。會以為我們兩人能成為好朋友，本來就是錯誤的想法。我們只是回到了原本該有的關係，這樣也對彼此都好。能認清這個事實，我反而覺得很幸運呢。」

這些話就和我出社會以後，已經反覆聽到心生厭煩的認命言論相差無幾。

我不知不覺間握緊拳頭，指甲都陷進了肉裡。

——我才不相信有這種幸運！

「才沒有這種事情！」

這次輪到我推開椅子站起來。顧不得會給店裡的人造成困擾，我用強硬的語氣向夏海訴說。

「就算個性、專長和夢想都不一樣，我也相信一定可以成為真正的朋友！」

夏海露出煩躁的表情起身，視線依舊凌厲地往我瞪來。

「妳居然還好意思說這種話……！」

「那夏海到底是怎麼想的？」

我先發制人地厲聲質問。

眼見夏海被我挫了銳氣，我繼續滔滔不絕。

「雖然妳說要回到兩人本來該有的關係、這樣對彼此都好，但夏海心裡到底想怎麼做呢？至今和夏海聊天，我一直都很開心喔。雖然妳也會冷淡地拒絕我，但想到也許有一天我們真的可以開心說笑，我還是很高興。夏海真的不這麼覺得嗎？」

「我——」

趁著夏海語塞的那一瞬間，我倏地把臉湊向她。

我錯了。從頭到尾只是局外人的我，根本沒有辦法代替柊子，完成讓兩人和好這種任務。我該做的是安排兩人在醫院裡見面，並讓夏海相信我們兩人真的互相交換了靈魂，然後我再幫忙解開兩人的心結。

我居然到現在才明白自己該怎麼做，雖然懊悔得要命，但一旦錯過這個瞬間，就真的再也無法挽回了——我有這種直覺。

我與夏海的距離近到了鼻子幾乎快碰在一起，接著對不知所措的她一口氣說完。

「老實說吧，我有件非常重要的事並沒有告訴夏海。因為太過讓人難以相信，所以我始終沒有告訴妳，但果然該向妳坦承才對。妳今天接下來有時間嗎？」

「怎、怎麼這麼突然？」

「我有個地方一定要請夏海去一趟。重要的事情只能在那裡說。可以給我一個小時的時間嗎？如果妳到時候聽完還是沒有改變心意，那我保證，以後我會照妳說的不再來打擾妳。」

就算到了醫院告訴夏海真相，只怕她也不會輕易相信吧。但是，如果覺得她不會相信就不去嘗試，至今的努力就真的要付諸流水了。

似乎是被我認真的模樣嚇到，夏海求救似地眼神游移。

「……今天已經很晚了，而且我還要顧店……更、更何況妳突然跟我說這些事情，我也需要心理準備……」

「那妳什麼時候有空？」

「明、明天的話我想我一整天都沒事情……」

得到了夏海的應允後，我笑容滿面地用力點頭。

「知道了！那就明天吧！說好了喔！」

接著我重新打起精神，豪邁地吃起蛋糕。經過這麼久時間，蛋糕與紅茶都不冰了，但還是好吃得我一點也不在意。

鮮奶油與柑橘類果醬的酸甜滋味完美融合，我忍不住眉開眼笑。

「這個蛋糕好好吃喔！鮮奶油明明很甜，卻一點也不膩！海綿蛋糕裡面的餡料該不會是糖漬檸檬皮吧？」

明明我讚不絕口，夏海卻絲毫沒有表現出高興的樣子。

看到我的表情千變萬化，夏海反倒露出了像在看著費解生物的眼神，目不轉睛地盯著我瞧。

「……柊子，妳到底是怎麼了……？」

吃完蛋糕以後，我直接前往醫院。

明天我打算帶夏海來醫院，向她坦承所有真相。為此，今天我無論如何都得來告訴柊子一聲。雖然我沒考慮過柊子的心情就擅作主張，對她很過意不去，但這一天遲早會到來。

打開病房的門，躺在病床上的柊子往我看來。

「緣小姐，妳好啊。」

「……柊子，妳瘦了。」

看到我原本的肉體比以往還要憔悴，我內心十分焦急。本以為應該還有點時間，但說不定大限就要到了。

萬一柊子的靈魂隨著我的肉體一起死去，一切就完了。現在的情況是分秒必爭。我快步走向柊子說了：

「雖然有很多事想告訴妳……但我先說重點吧。明天夏海會來這間醫院。我認為還是該由柊子本人出面，妳們才能完全和好。要讓夏海相信可能不容易，但如果想讓我們變回來，這也許是非做不可的事情，當然我也會在旁邊幫忙解釋——」

「緣小姐，關於這個呢——」

柊子用平靜的語調打斷我。

「我看還是算了吧。」

她的發言省略了受詞，讓我無法明白這句話的用意，在病床正前方停下腳步。

「什麼事情還是算了？」

「我覺得沒有必要急著變回來。而且我和緣小姐都可以正常地過現在的生活啊。既然現在原因還不清楚，與其太過心急而搞砸一切，不如暫時靜觀其變比較好吧？」

柊子語氣平淡地說，就好像在背台詞一樣。

她的態度彷彿對自己的身體毫不在意，讓我有種說不出的詭異感，額頭冒出冷汗。

我逼近般地往柊子走了一步。

「……為什麼？柊子，妳為什麼要突然說這種話？」

「並不突然啊。我只是之前一直找不到機會說——」

柊子說話時，中間穿插了「啪噹」的輕響。

那是因為柊子伸長手臂，關上了床頭櫃沒有關緊的抽屜。只是這樣的話其實也沒什麼，但柊子焦急的樣子讓我很在意。

「妳為什麼要關抽屜？」

「因為沒關好。不說這個了，關於讓靈魂換回來這件事……」

柊子硬是想把話題拉回來，但我的注意力仍然放在抽屜上。

可以上鎖的抽屜裡放有我的錢包。但是住院期間，我不會在身上放太多現金，信用卡也要知道密碼才能使用，再者我也不覺得柊子會偷東西。

……但是，我還是很在意。

「……這件事等一下再說。」

感覺得出柊子正在背後注視我，然後我一鼓作氣打開抽屜——看見抽屜裡的東西後，我啞然失聲。

抽屜裡放著大量口服用藥。以前我早中晚都會服用的各種藥錠和藥粉，密密麻麻地塞滿了內部空間。

我低頭瞪著抽屜，詢問身後的柊子。

「……柊子，這些藥是怎麼回事？」

「是我忘記吃的。」

「護理師每次都會把藥拿來病房，有可能忘記吃嗎？而且看這個數量……妳不只忘了一次兩次吧？」

我的問話聲變得凌厲，但柊子依舊鎮定自若。

「因為我快出院了，所以護理師先把以後的份給我。緣小姐不用擔心。」

「不用擔心什麼？」

我再也按捺不住地重新轉向柊子，語氣變得強硬，不再跟她打啞謎。

「柊子，妳以為我會相信這種謊話嗎？出院以後才吃的藥，怎麼可能住院期間先給妳。妳是從好幾天前開始就假裝吃了藥，其實故意沒吃吧？」

「怎麼可能。更何況我這麼做有什麼好處？」

柊子的回答仍在裝傻。

但是，其實我在不久前就察覺到了柊子這麼做的動機。

一直以來，我始終沒有說出自己的臆測，但現況已經不容許我再保持沉默了。

「柊子，在我們第一次見面……當我說『希望自己每天都能好好活在當下，就算明天死了也沒關係』時，妳曾說妳跟我其實很像吧？」

與夏海之間難以挽回的決裂；刻意不吃具有療效的藥；以及柊子直到現在還想要隱瞞的某件事情。

利用這些線索進行推斷後，我下定決心，詢問依然躺在床上的柊子。

「其實，妳那句話的意思是這樣吧？也就是『明天死了也沒關係，因為妳過得一點也不快樂』。」

靈魂剛交換時，我發現戶張柊子的身體站在教室打開的窗邊，還脫掉了腳上的校內鞋。那一定是因為柊子正準備跳下去。

倘若真是如此，那我還有一個疑惑。那一天，柊子會心不在焉地掉下月台，會不會也是故意的，並不是意外？所以她落軌之後，才沒有試圖躲到旁邊，反倒萬念俱灰般地趴在軌道上——

實際把推論說出口後，一種心底發寒的不安襲上胸口。

柊子好一會兒沉默不語，最終死心似的嘆氣。

「……一切都被緣小姐看穿了呢。」

然後柊子坐起來，與我面對面。

她的眼窩凹陷，難以想像那是赤月緣（我）的身體。

「沒錯。我一直想尋死，所以故意不吃藥。然後，我希望緣小姐能以我那副身體繼續活下去。」

真的聽到了這樣的回答後，我有種視野扭曲起來的錯覺。

我拚命穩住顫抖的雙腳，不讓柊子察覺自己內心的慌亂，簡短質問：

「……為什麼？」

柊子垂下雙眼，硬是擠出聲音開始訴說。

「因為我做的那些事情，全是沒有辦法挽回的。不只是夏海，我也對緣小姐做出了妳一輩子都不會原諒我的事。」

柊子落軌後，我想起了自己去救她時，她曾經短暫地支吾其辭。

——赤月、緣小姐……嗎？

早在靈魂互換之前，柊子就聽說過我的名字。儘管如此，發生這種現象以後，她還是隱瞞了這件事。

還是中學生的柊子，與已經出社會的我，就只有那麼一個交集。

「妳說的事情，難道跟我畫的《冬天盛開的花》有關？」

我問出口後，柊子瞬間瞪大雙眼，最後認命似地垮下腦袋。

「……居然連這件事也知道了，真不愧是緣小姐呢。」

柊子顫抖的話聲帶著哭腔。

我試圖與柊子對視，接著問道：

「柊子，妳知道那幅《冬天盛開的花》去哪裡了嗎？」

但柊子不肯直視我，垂著臉龐搖頭。

「已經不在了。因為我毀了那幅畫。」

「……妳毀了那幅畫嗎？」

我目不轉睛地注視柊子，很難相信她會做出這種事。柊子無地自容般地縮成一團

——雖然外表是現在已經出社會的我。

大概誤以為我的反問在指責她，柊子抽泣起來，緊緊捏著被單。

「我真的很差勁對吧。不只破壞了緣小姐的畫，還背叛好友，最後竟然還想利用緣小姐來讓自己與夏海和好。但是，我很快就發現，既然緣小姐的個性這麼樂觀積極，那麼由妳重新與夏海當朋友，對兩人來說才是最好的吧……不論是戶張柊子的人生，還是夏海的人生，都已經不需要我了。」

「我從來沒有過這種想法喔！」

柊子一說完，我立刻反駁。

以戶張柊子的身分生活時，這段日子我確實過得很開心。但這都是為了讓我與柊子能變回來。絕不是為了讓柊子產生這種念頭，並搶走她的人生。

只要她願意解釋清楚，我也根本不在意自己的畫作現在怎麼樣了。能被柊子利用，我反而求之不得。

我站起來，語帶懇切地開導柊子。

「妳為什麼要把自己說得那麼壞？妳會和夏海吵架，還有妳說自己毀了《冬天盛開的花》，一定都有非不得已的理由吧？夏海已經答應我，明天會來醫院聽我們說明喔！

妳別再自責，說自己已經無法挽回了！」

「但我就算回到自己的身體裡面，一切也不會改變啊！」

柊子甩著頭髮，忽然用不輸給我的音量大聲反駁。

第一次看到柊子的情緒這麼激動，我頓時不知所措。柊子喘著大氣，肩膀上下起伏，雙眼瞪著我瞧。

「我敢保證，自己只會重蹈覆轍而已。如果只有我一個人痛苦也就算了，但我無法忍受再讓夏海那麼傷心難過了。從今以後，必須由緣小姐來過我的人生、與夏海成為朋友，否則一切都沒有意義。」

柊子說得毅然決然，毫無遲疑。她不是在亂說，是真的想代替我死去。

面對柊子懾人的魄力，我嚥了嚥口水，問道：

「妳們到底發生了什麼事？導致妳們吵架的『誤會』究竟是什麼？」

然而柊子不肯看我，只是緩緩搖頭。

「我沒有必要回答。因為都已經結束了。」

「根本還沒結束吧——」

「原本在那一天，應該早就結束了。」

柊子打斷我後斷然說道。

她的雙眼布滿血絲，凝視著被單上的某一點。

「緣小姐拚了命救我的那一天，其實我心裡想的並不是『幸好還活著』，而是『要是就這麼死了，就不會再痛苦了』。很奇怪吧？接著放學後，我正想從校舍跳下去的時候，這次卻被靈魂互換的現象阻止了……但我認為，這既是對我的懲罰，同時也是我們千載難逢的機會。」

我的內心一陣躁動不安，有種全身都在發冷的感覺，低聲質問柊子。

「……懲罰？機會？」

柊子露出下定決心的表情，一字一句清清楚楚地斷然說：

「對。這是我背叛好友、毀了緣小姐寶物的懲罰。同時這也是神明給我們的機會，讓想活的人活下去，想死的人就不該活著。」

沉重的靜默籠罩病房。

寂靜中甚至能聽見窗外的樹枝在沙沙作響，我非常簡短地說了。

「……妳在說什麼？」

我的話聲不由得充滿威嚇。

儘管理智很清楚應該冷靜下來，我卻控制不了自己的嘴巴。

「難不成那個神還出現在夢裡對妳這麼說嗎？祂說妳的靈魂會進入我的身體，是給妳的懲罰？這種話我可從來沒聽說。」

聽了我荒謬的質疑，柊子帶著苦笑反駁。

「怎麼可能啊。可是，又沒有其他解釋能說明這種不科學的現象——」

「妳別開玩笑了！」

衝動之下我揪起柊子的衣領，激動地對著自己的臉孔怒吼。

「我從來不覺得用自己的身體活下去是件不幸的事情！妳只是為了自己才擅自那麼認定而已吧？別瞧不起人了！說什麼要代替我死去，就為了這種事情，妳一直不肯告訴我真相嗎？」

我突如其來的發火讓柊子一臉錯愕，但她很快反應過來。

「……什麼意思？什麼叫作這種事情？」

柊子用力一咬牙，毫不畏懼地反瞪回來。

「我自己也很努力在想辦法啊！可是現在根本就找不到原因，也不知道要怎麼變回去吧！既然如此，應該在為時已晚之前，盡快訂下大家都能接受的解決辦法，難道不是嗎？」

「我們之所以靈魂互換，有可能就是因為妳和夏海的決裂啊！只要和好了，說不定就能變回來吧！如果妳真的努力在想辦法，那就多跟我合作啊！我明明為了柊子這麼努力，妳為什麼就是不明白？」

「我早就說過了，妳是在多管閒事！」

柊子用力把我往後推，厲聲吶喊。

「請不要說得事不關己，好像有恩於我一樣！說到底我和夏海會吵架，就是因為緣小姐那幅畫。如果妳沒有畫那幅畫，事情就不會變成這樣了！」

聽到這種完全將我拒在心門外的發言，剎那間我渾身虛脫無力。

我放開柊子的衣領，無力地坐在椅子上，看著她的雙眼無法對焦。

「這……這種事情……」

柊子臉上有那麼一瞬間流露出後悔，但在她將後悔轉化成行動之前，病房外便傳來話聲。

「那個，不好意思。妳這樣會造成患者的負擔，還請小聲一點……」

一臉畏怯的護理師出聲這麼提醒，我立刻拿著書包站起來。

「對不起，我現在就離開。」

不想再待在這裡的心情，似乎明明白白地顯露在我的言行上。

走出病房前，我做了一個深呼吸，只把臉龐轉向柊子。

「明天早上十點，我會和夏海一起過來。說好了喔。」

同時藉著這句話告訴她，一切尚未結束。

不曉得柊子是否聽出了我的弦外之音，總之她只回以一句答覆。

「我會期待緣小姐的好消息。」

我瞥向看也不看這裡一眼的柊子，離開病房。

走在乾淨整潔的醫院裡，我的內心卻是一片紛亂。

——明明還是中學生，別用那種社會人士才會說的話語。

回到柊子家後，我毫無儀態可言地橫躺在床上，仰望天花板。

其實我並不是從來沒有想過，要以這幅軀體一直活下去。

說實話，柊子的提議對我來說只有好處而已。因為這等於我可以在衣食無虞的環境下，真正的重新再活一次。講得直白一點，就是遊戲中所謂的「二周目模式」。要是能夠保有原本的記憶，重過一次人生——應該每個人都幻想過這種事情吧。

而我現在的情況，還是連原本的疾病也會一起消失。以前因為罹病而放棄的種種事情，今後都能毫無後顧之憂地挑戰。

不只是律師、醫生、政客、太空飛行員，我說不定還能成為歌手、演員或者運動選手。

我能成為自己想成為的人。只要我下定決心，就能擁有這樣的權利。

這不是很好嗎？比起一心想死的柊子，我更能有效活用她的人生。為什麼偏偏是我有這種疾病——其實這樣的想法，或多或少在我心底盤旋不去。

柊子說得沒錯。神明一定是同情我的遭遇，才引發了靈魂互換的現象，將合適的靈魂放進合適的肉體裡。

況且中斷了服藥的柊子，等於早在開始慢性自殺。我又何必那麼努力，只為了回到那副病弱不堪的身體，更別說是為了完全不認同我努力的柊子。

既然那麼不愛惜生命，乾脆讓柊子得償所願吧。反正為此苦惱的人又不是我。

任由這些負面又邪惡的想法在大腦裡流竄後——

「……果然，我還是沒辦法這麼想呢。」

我夾雜著嘆息如此自言自語，在床上坐起來。

接著走下床鋪，站到鏡子前。

雖然古怪的感覺比起頭一天已經變淡許多，但每當看到鏡子裡倒映的臉孔不是自己，我不時仍會心頭一驚。

不管怎麼做，戶張柊子的身體都不會屬於我。

即便真是某個人基於好心，讓我們兩人的靈魂互換，那也只是他多管閒事。就算對方是神，我也會揍祂一拳回敬。

「搶走小孩子的身體來展開第二人生，根本是壞蛋才會做的事情嘛。」

第五章

隔閡之牆

赤月緣，是不可能成為戶張柊子的。柊子與夏海的決裂，我也無法代為解決。儘管可能會發生無法避免的衝突，還是得讓柊子本人與夏海面對面。我能做的，就只是在兩人之間扮演潤滑劑的角色。

我因為想幫柊子一把的心情太過迫切，卻沒想通這麼理所當然的事情。但是，我不會再犯一樣的錯了。雖然昨天一不小心激動下與柊子起了爭執，現在也只能祈禱一個晚上過去後，她也稍微冷靜下來了。

隔天，裝病向學校請了病假的我，依約帶著夏海來到醫院。

仰望高聳的雪白建築，夏海一臉不安地問我：

「我們來這裡做什麼？」

「我想讓妳見見在這裡住院的『赤月緣』這個人。詳細情況等到了病房再說吧。」

「……赤月、緣？」

我沒有理會似乎有話想問的夏海，直接邁步走進醫院。夏海一臉困惑，但還是順從地跟上來。

昨天與柊子爭吵過後，我心裡多少有些不安，但好歹已經過了一晚，她應該也恢復冷靜了吧。我懷抱著這樣的希望，走向自己所在的病房，然而——

「謝絕會面……？」

病房門外卻掛著這塊冰冷的牌子。

我急忙走向護理站，向負責的護理師詢問狀況。

「昨晚赤月小姐的病忽然發作，情況一直不太穩定。檢驗數值居然在快能出院的時候突然惡化，醫生和我們都嚇了一大跳……也在討論她可能要再住院一段時間。」

年長的護理師說明時一臉凝重，我更是感到不安。

「她、她沒事吧？」

「暫時已經脫離險境了，但還是不能大意……現在最好讓她安靜休息。我們也會努力治療，相信不久後又能和以前一樣與她聊天了吧。」

說完，護理師回頭去做自己的工作。

意想不到的事態讓我呆若木雞。沒有服藥這件事自然肯定是原因之一，但病情會突然惡化，很難相信與柊子喪失了求生意志沒有關係。

在我呆站著時，一直在身後納悶看著的夏海開口了。

「柊子，發生什麼事了？為什麼妳會提到赤月緣小姐？謝絕會面又是怎麼一回事？」

不明就裡的夏海接連向我發問。

我閉上眼睛，冷靜下來思考。為了讓夏海能真正相信，原本柊子也該在場才行。雖然也能等到她的病情穩定後再過來，但最糟糕的情況，是我的肉體有可能就此到達極限。

就算只有我一個人，現在能做的事情就該去做。哪怕只是前進一小步。

我做好覺悟後，睜開雙眼對夏海說了。

「夏海，我有重要的事情告訴妳。跟我來。」

大概是注意到我的模樣非比尋常，夏海默默地跟在後頭。來到醫院外頭後，我走向占地內不見其他人影的散步道，一路走到染井吉野櫻樹下。然後我做了一個深呼吸，將手貼在胸口上開始訴說。

「接下來我要說的事情聽起來很荒謬，但希望妳能聽我說完。其實，我並不是戶張柊子。我真正的名字是赤月緣。之前我因為身上的疾病惡化，被救護車送來醫院。然而我在醒來以後，卻發現自己與柊子的靈魂竟然互相交換了。」

接著，我大概說明來龍去脈。

包括我在救了差點被電車撞的柊子以後，兩人的靈魂便互相交換；突然發生的奇異現象讓兩人都不知所措，但也決定暫且代替對方，如同往常過生活；隨後我知道了柊子與夏海曾經發生爭執，柊子也因為罪惡感，打算隨著我的肉體一起死去。

夏海傾聽時，表情始終一臉茫然，很難分辨她是否相信了我說的話。我內心十分焦急，但也認為應該先專心說明，所以單方面地繼續訴說。

儘管自認為簡潔扼要，結果我還是花了整整十分鐘。

「……這就是直到今天為止發生的所有事情。妳可能無法相信，但我說的是真的。」

但是我說完後，夏海卻好半晌不吭一聲。

三十秒、一分鐘過去了，我一直緊張又焦急地等著夏海的回答。不時吹來的冷風彷彿要鑽進肌膚，甚至讓人感到疼痛。

最終，夏海倏地從我身上別開視線，冷若冰霜地說了：

「……是嘛。原來妳和緣小姐說好，打算編這個謊話給我聽啊。」

「……咦？」

我一時間聽不懂她在說什麼，愣愣地發出聲音。

夏海轉身背對我，用嘲弄的語氣接著說：

「我真是太震驚了。想不到柊子居然會演一齣這麼搞笑的戲碼。結果現在最關鍵的人物緣小姐卻病情惡化，真不知道這對妳來說是好事呢，還是造成了反效果。柊子，妳為什麼從以前開始就這麼喜歡拐彎抹角呢？」

一股並非氣溫引發的寒意襲來，我一時半刻無法言語。

但儘管慌了手腳，我還是努力想讓夏海相信我。

「等、等一下，夏海！我說的都是真的，沒有騙人——」

「哦，是喔？還是說這是妳為了逃避現實所捏造出來的妄想？還是其實妳有雙重人格？反正我都無所謂啦。既然場面已經這麼難看，我就直說了吧：我不想再和柊子有一絲一毫的瓜葛。就這樣，我要回去了。」

毫不理會呼吸急促的我，夏海逕自轉身，揮揮手邁步離開。

我握緊拳頭，緩慢地深吸一口氣。

——柊子和夏海根本都不明白我的心情……！

我任由情緒爆發，擠出肺部裡所有的空氣，朝著逐漸走遠的夏海大喊。

「夏海，妳看我這邊！」

我的大喊聲響亮到彷彿可以傳到醫院占地外。

夏海回過頭來時，我已經快步走到她面前。

看到我噙著淚目逼近，夏海狼狽無措，然後我從錢包裡拿出一樣東西給她。

「這是……？」

夏海一臉納悶地接過後，我抹了抹眼角說：

「這是真正的我擁有的名片，赤月緣就是在這間公司上班。不管是公司還是我的事情，只要是我能回答的我都會回答。看要直接去公司，還是打這支電話過去問，馬上就能知道我說的是真是假。」

夏海用顫抖的手拿著名片，內心似乎陷入強烈的天人交戰。最終她從我的名片別開目光，把名片塞回給我。

「……這又不算是證據。名片有可能是緣小姐給妳的，甚至把自己的個人簡歷也告訴妳……」

「夏海，妳如果要追根究柢，我確實沒有辦法拿出任何鐵證。可是，妳真的覺得柊子會不惜做到這種地步也要騙妳嗎？」

我稍稍加重語氣，字句有力地質問夏海。她露出了糾結表情，有些結巴地反問。

「……假設，我只是假設喔。假設妳真的不是柊子，而是那位赤月緣小姐，那坦白告訴我這些事情有什麼好處？」

「因為我認為柊子與夏海的決裂，就是我與柊子靈魂互換的原因。」

接下來就要進入正題。我用袖子抹抹眼角，毅然堅決地說了。

「一開始，我就在思考為什麼是我的靈魂與柊子互換，所以做了不少調查。然後我發現妳和柊子的母校，跟我是同一所小學。我認為自己與柊子可能會有的交集，就只有我掛在母校的那幅《冬天盛開的花》而已。」

「赤月緣，妳果然是那幅畫的……」

我對如此低喃的夏海點點頭，同時留意著她的表情變化，謹慎地接著說：

「後來我曾去小學一趟，發現那幅畫不見了。這是因為柊子毀了那幅畫吧。至於她為什麼破壞那幅畫，她只跟我說是『因為某些誤會與夏海起了衝突』。但如果只是小規模的爭吵，我不認為事情會演變成現在這樣。妳們的誤會到底是什麼？」
「那是……」
夏海吞吞吐吐，目光左右游移，這副模樣令我想起了柊子。
我內心產生了幾近百分之百的確信，單刀直入地問了：
「淡河同學跟這件事有關，對吧？」
夏海驚嚇地整個人彈了一下。根本不用再問答案是對還是錯。
倘若夏海認為整件事情是柊子要負全責——都要怪柊子的話，她不可能在這種時候支吾其辭。兩人明明不同班，也隸屬不同社團，如果有人能同時挑撥兩人，最有可能的就是目前對全校學生有強大影響力的淡河真鴇了。
夏海依然閉口不語，我懇切地繼續訴說。
「拜託妳了。淡河同學與那幅《冬天盛開的花》，到底和妳們兩人吵架有什麼關係，請告訴我詳細的情況吧。靈魂互換至今已經一週了，我們卻完全沒有變回去的徵兆。為了讓我們能回到自己的身體裡，我需要更確切的線索。現在柊子謝絕會面，我無法去問她問題，也不知道還剩下多少時間。如果想趁著這段期間讓事情有點進展，我非常需要夏海的協助。」

然而夏海狠瞪向我，聲音沙啞地反駁。

「這種事有那麼重要嗎！反正是柊子先跟我撇清關係的，這是無法抹滅的事實！不管妳究竟是誰，柊子的靈魂去了哪裡，都跟要轉學的我毫無關係了！」

「夏海，這真的是妳的真心話嗎？」

我氣勢駭人地質問，夏海屏住呼吸。我沒有別開目光，更是苦口婆心地勸道：

「如果再不想想辦法，柊子的靈魂說不定會跟著我的肉體一起死去喔。到時夏海會因為自己沒能相信柊子，為此後悔一輩子。妳們曾經是摯友吧？還送了禮物給對方，當作是友情的證明吧？妳真的能夠由衷地說跟妳毫無關係嗎？」

夏海看著我的雙眼仍然抱有懷疑，但漸漸不再那麼冰冷帶刺。

彷彿要窺看我的內心般，夏海問道：

「……但如果知道以後還是沒能變回來，妳打算怎麼辦？」

我看向自己的掌心，用力握拳。

「那樣也沒關係。因為這是我覺得自己現在該做……不對，因為這是我現在想做的事情。」

就算只有些微的可能性，我也想賭一把。反正我現在也沒有其他能做的事了。

我把手按在胸口上，真心誠意地向夏海懇求。

「拜託妳了。我不會要求妳來學校，和我一起戰鬥。妳無法馬上原諒柊子也沒關係。可是，請妳至少把實情告訴我。因為妳的勇氣，是我現在最迫切需要的援手。」

我說完，夏海從頭到腳把我打量一遍。

一會兒過後，夏海似乎是妥協了，僵硬地點點頭。

「……好吧。」

得到她肯定的答覆，我安心得整個人險些癱軟下來。

看來這件事對我造成的壓力比想像還大。夏海的疑心雖然並未徹底消除，但這一步可說是非常大的進展。

夏海用手抵著嘴角，目光徬徨地在半空中飄移。

「雖然感覺很奇怪……但聽您這麼一說，我也覺得一切就說得通了。因為柊子最近很多行為都怪怪的，原來不是我的錯覺。」

「妳不必用敬語啦，況且這種事情確實很難馬上相信……話又說回來，我現在擁有的幾乎都是片面的情報與推測。只要是有關的事情，希望妳能全部告訴我。」

夏海對我的要求點點頭，這次的動作明顯沒有剛才遲疑。

「知道了，但真要說完可能得花不少時間喔。」
「謝謝妳。我求之不得呢。」

❄

柊子與夏海因為一同觀賞《冬天盛開的花》，在小學時成為了摯友。成績優秀的柊子是在父母親的建議下，夏海則是以「想與柊子就讀同一所學校」為由說服了父母，兩人一起進入雲雀島女子中學就讀。

開學典禮當天，柊子與夏海互相對視，臉上帶著幸福的笑容。

為了畫出和《冬天盛開的花》一樣動人的畫，夏海加入了美術社；為了研究現實中有無「冬天盛開的花」，柊子立志成為植物學家。儘管夢想不同，兩人都深信對方是自己最好的朋友。

就在六月即將結束、梅雨季節也進入尾聲時，夏海向柊子說了那件事。

「夏季的比賽？」

柊子反問後，夏海點頭回道：

「嗯。我聽說作品能入選的話，也許可以推甄上有美術班的高中，所以我實在克制不了想參加的渴望。」

夏海緊握雙手，像在說服自己似地對柊子說：

「雖說一年級就算畫得很爛也很正常，但我還是會全力以赴，希望可以入選。因為中學三年要是不好好規劃，一下子就結束了嘛。」

聽了夏海積極向上的發言，柊子興奮得小臉發亮。

「夏海，妳好厲害喔！我也會為妳加油！」

在胸前交握雙手的柊子，整個人充滿了剛認識時難以想像的活力。

「我也會好好加油，絕對不會輸給妳！我最近鎖定了將來想唸的大學，為了應屆考上，也在用功讀書喔！」

夏海完全不懂植物學，但光聽柊子的說明，植物學似乎是運用非常廣泛的學問，不只可以防止沙漠化，還能促進糧食的生產，感覺是比想像還要深奧的世界。柊子嗓音雀躍地談論著自己還未進入的世界，渾身散發出不輸給夏海的朝氣。

被柊子的活力影響，夏海也幹勁十足地說了。

「嘿嘿，我才不會輸給柊子呢！」

夏海燃起熊熊鬥志，頭上別著柊子送的髮飾。

然而，夏海送去參加比賽的作品，結果卻落選了。

在學校報告這件事的時候，夏海還一派泰然自若，但轉移陣地到家庭餐廳舉行安慰大會時，她忍不住讓內心的情感爆發。

「我好不甘心——！」

夏海緊握飲料吧的杯子，大動作地往前趴在桌上。柊子面帶苦笑安慰她：

「好了好了，我可是很喜歡夏海的作品喔。而且夏海從中學才開始畫畫，光是一年級就能參加比賽，我覺得已經很厲害了。」

「可是其他學校也有一年級就得到佳作的人啊！我不想用年齡當藉口！」

夏海猛地抬頭，一口氣喝完杯裡的可樂宣告：

「我下次一定要入選！冬天，放馬過來吧！」

看著鬥志滿滿的夏海，柊子露出微笑。

「……夏海真的很了不起呢。」

夏海會如此執著於比賽一定要得獎，自然有其理由。

小學畢業前夕的某天晚上，夏海與母親在客廳面對面坐著。
夏海告訴母親，自己想成為畫家。不只是因為上中學後她打算加入美術社，而且這件事也有可能對自己未來的人生帶來重大影響，所以若要自己一個人決定一切，還是讓她深感不安。
聽完夏海立下的志願，母親眼神認真地問她：
「夏海，妳是真的想當畫家嗎？」
「嗯。我也想要畫出能打動人心的作品。」
「……這樣啊。」
夏海的母親環抱手臂，臉色凝重地低語。
即便當時還是小學生，夏海也預想得到父母聽了並不會歡天喜地。因為夏海家的經濟狀況說得再含蓄，也稱不上富裕。
夏海觀察母親的表情，提心吊膽地問：
「……果然不行嗎？」
「怎麼可能。我和爸爸都追隨了自己想成為甜點師傅的夢想，哪有權利阻撓孩子追逐自己的夢想呢。能夠擁有打從心底想要實現的夢想，是件很棒的事情喔。妳要為此感到驕傲。」

出乎夏海的預料，母親語氣堅定地這麼說道。

得到了意想不到的支持，夏海正要感到開心，母親語重心長地接著開口：

「但是，我也要告訴妳殘酷的現實。實現夢想沒有那麼容易，並不是光靠堅定的決心就有辦法成功。有人比自己還要厲害都是很正常的事情，自己覺得好的東西也並非總會得到好的評價。為此投入的金錢，不一定以後都賺得回來，就連熱情也不見得能永遠保持不變。從以前到現在，我和爸爸不知道看過多少人基於各式各樣的理由，放棄了夢想。」

正因為母親已實現自己的夢想，她說的話語更在夏海心裡沉甸甸迴盪。

內心掀起難以言喻的不安時，夏海眼前接著浮現了與柊子一起訴說夢想的畫面。

「可是，我……」

「媽媽知道。所以，我的意思並不是要妳就此放棄。」

母親沒有讓夏海說完，忽地揚起微笑，然後豎起食指說了：

「如果妳真的想當畫家，試著在中學三年內做出一些能當證明的成績吧。要是只會覺得『因為自己還未成年』、『因為我還是初學者』，然後什麼也不做，這種人是不可能成大事的，至少我就從來沒見過。若有想要實現的夢想，必須從現在開始行動。因為這也有助於正視自己當下的實力，認清自己對夢想的熱情。」

母親的建議溫柔卻也嚴厲，同時發自內心。

原本模糊不清的夢想一下子變得清晰具體，夏海不由自主打了個哆嗦。

「成績……」

「是啊。若能做出成績，就能彰顯夏海的價值。我對畫家這個職業完全不了解，但如果妳想去有美術科系的學校，能當證明的成績必能成為夏海的武器。當然，也會為妳帶來自信。」

然後母親把手搭在夏海肩上，溫柔微笑。

「就算夏海最終沒能成為畫家，曾經認真追逐過夢想的體驗，也一定會成為妳寶貴的財富。所以，妳就努力看看吧。媽媽和爸爸都會全心全意支持妳。」

得到母親意料外的鼓勵，夏海用力點頭。

「媽媽，謝謝妳！我會加油的！」

母親認同自己的夢想後，讓夏海有種眼前世界豁然打開的感覺。

然而當天夜裡，夏海用智慧型手機隨意查找有美術科系的私立大學時，發現了令她震驚的事實。

她的目光被學費那一欄吸引住了。

「……一、一百六十萬圓……？」

由於是整年的學費，上四年就是四倍。而且考上以後，還要先繳交將近三十萬圓的註冊費，教材與畫材更是要花不少錢……對於只是經營一家小店的霧島家來說，這實在是付不起的金額。

國公立大學的學費固然少了一半，但也因此競爭非常激烈，要考上極其不易。不僅如此，即便花了這麼多錢，在競爭中存活下來，仍有多數學生無法靠美術維生。

夏海不禁吞了吞口水。她總算開始意識到，自己試圖要踏進的世界有多麼殘酷。但是認清現實以後，夏海並沒有萌生放棄夢想、不當畫家的念頭。

父母多半會要她不用擔心錢的問題，但以目前的情況來看，就連找父母商量就讀美術系一事她都提不起勇氣。但是，也不是完全沒有希望。她還有一個辦法，那就是申請免償還的獎學金去就讀國公立大學的美術系。

為此她沒有時間去感嘆現實。母親說的沒錯，她必須盡快累積能當證明的成績。沒有才能、起步又比別人晚，那就得比別人加倍努力。

夏季的比賽落選後，夏海心裡卻充斥著連自己也感到驚訝的不甘。與此同時，也洋溢著喜悅。

她發現自己是真心想實現夢想，也願意為此全力以赴。光是能夠產生這樣的確信，她就覺得參加比賽很有意義。

暑假期間，夏海一有空就練習素描，對此完全不以為苦。

只要持續付出努力，一定會有美好的未來等著自己吧。夏海深信不疑。

進入第二學期以後，經過一段時間，夏海感覺到校內有股異樣的氣氛。

至於是從何時開始，就是在學生會長的選舉結束以後。今年的學生會長，由一年級的淡河真鴇在獲得壓倒性的支持後當選。

當選後她以鼓勵大家勤勉向學為由，接連訂下一些優待成績優秀學生的規定，結果導致學生之間開始瀰漫火藥味，口角與小規模的衝突也頻頻發生。原本感情很好的學生，彷彿彼此成了陌生人一樣只會冷淡交談，也像在畏懼什麼似的不敢直視對方。

彷彿整個教室……不對，是整所學校都籠罩在負面的氣壓裡。

於是在發生了某件事之後，夏海決定採取行動。

她下定決心，去找學生會長淡河真鴇。

「那個，淡河同學，我想和妳單獨說幾句話。」

「好呀。有什麼事嗎？」

真鴇以優雅的動作將頭髮撥至身後，夏海帶著她前往頂樓階梯。

確認四下無人後，夏海火速進入正題。

「我是隔壁班的霧島。關於淡河同學班上的風間美穗同學最近轉學，妳知不知道是什麼原因呢？」

真鴇刻意做出沉思的表情，然後哼了一聲。

「那種成績吊車尾的學生，我什麼都不知道喔。她大概只是跟不上我們學校學生的高水準，心生厭煩了吧。」

「妳不要裝傻！是妳動了手腳，讓她只好轉學的吧？」

夏海忍不住大聲起來，但真鴇非但沒因此畏縮，反倒挑釁地舔了嘴唇反問：

「哦……妳有證據嗎？」

「……沒有。所以，我才來問妳。」

夏海咬緊牙根，不讓自己屈服於真鴇散發出來的壓迫感，接著深吸口氣，做好了覺悟對真鴇說：

「但是，妳怎麼可能什麼都不知道。她和我一樣都是美術社員，剛入學的時候整個人還充滿希望，甚至曾說：『我也想和霧島同學一樣，在比賽中得獎。』可是，最近她卻變得鬱鬱寡歡，神色也很黯淡，常常一開口就說『淡河同學好可怕』。」

夏海很確定真鴇就是元凶，但她沒有確切的證據也是事實，也擔心不慎刺激到對方後招來反撲。夏海竭力自我克制，盡可能冷靜開口。

「對於我剛才說是妳動了手腳，讓她轉學，這句話是我太衝動了，我向妳道歉。可是，如果妳真的在做些會讓班上同學害怕的事情，我希望妳別再做了。」

夏海說完，真鴇用手指抵著下巴，以打量的眼光注視夏海。

「霧島同學，妳父母親是做什麼的呢？」

「咦？他們自己開蛋糕店……」

始料未及的問題令夏海愣住，真鴇心領神會似的點了好幾下頭。

「我想也是，果然是這樣呢。看妳的穿著與言行舉止，大概想像得到妳的出身。」

真鴇充滿嘲諷的語氣，令夏海狠狠皺眉。

「……妳想說什麼？不過是蛋糕店的孩子，不要插嘴嗎？」

「妳的想像力還真豐富呢。妳會這麼覺得，是妳自己感到自卑吧？」

真鴇動作誇張地兩手一攤，露出妖豔的微笑說。

從她臉上一點也看不出愧疚之情。

「我不會歧視任何人喔。只不過，我確實認為應該嚴格做好區分。與符合自己身分的人來往，對妳與對其他學生都是一件好事吧？」

「妳居然撇得一乾二淨，妳明明只是想方設法把人逼到絕境……！」

但夏海的抗議還是欠缺實證。

真鴇斜眼看著夏海咬牙切齒，露出疑惑不解的表情，手指抵在臉頰上。

「在我看來，我反而不明白霧島同學為何這麼關心風間同學呢。她都已經離開這所學校了，就算為她說話，對妳又有什麼好處呢？」

「……好處是什麼意思？我們是朋友，既然有人欺負她、害她因此轉學，我會生氣也是正常的吧？」

聽了真鴇毫無人情暖意的疑問，夏海語氣強硬地反駁。

瞬間，真鴇的雙眼如蛇一般瞇起，目光彷彿要將夏海的身體貫穿。

「哦……是嘛。因為是朋友，生氣是正常的嗎？」

被真鴇的雙眼緊盯著，夏海首次對她產生了恐懼的感覺。

那是藏在高雅舉止、凜然姿態後面的，真鴇的另一張臉。另一個她是冷靜的支配者，正從遙遠高處機械式地評斷他人的價值。

似乎是無意間流露出了真實情感，真鴇自己也恍然回神般地輕輕甩頭，口吻像是受不了不聽話的小孩子，聳聳肩說：

「總之，霧島同學要怎麼想像是妳的自由。但是，就算一切真的如妳所說，那妳向我追究責任，根本是搞錯對象了吧。」

說完，真鴇掩著嘴角，露出純真到令人發毛的笑容。

「因為，要怪就該怪弱小的那一方吧。如果妳覺得我的做法並不正確，那只要擁有可以對抗我的力量不就好了嗎？」

不久之後，夏海目睹了令她心驚的光景。

淡河真鴇居然與柊子並肩走在走廊上。在此之前，柊子從來沒提起過真鴇，現在卻與她開心地聊著天。

「柊子……？」

夏海用沙啞的話聲叫住柊子，柊子則是一如往常與她打招呼。

「啊，夏海。妳好嗎？」

柊子臉上一點陰霾也沒有，似乎並非是被迫跟在真鴇身邊。

倘若柊子只是與班上同學有友好往來，當然夏海也沒有任何意見。但是，偏偏真鴇與柊子在這個時候變得親近，讓她不得不覺得是有人刻意為之。要是知道真鴇的本性，個性怕生又溫柔的柊子絕不可能若無其事地與她相處。

那個當下，夏海的表情不自覺變得僵硬。

「……柊子，妳為什麼和淡河同學在一起？」

「咦？沒有為什麼，因為我們是朋友啊。怎麼了嗎？」

夏海逼近柊子，忍不住抬高音量。

「柊子，妳別被她騙了！淡河同學根本不是妳想的那種人！妳要是把她當成朋友，以後一定會遇到非常可怕的事情喔！」

「夏、夏海，妳怎麼突然這麼說？」

柊子滿臉困惑，一旁的真鴇還深受打擊似地用手摀住臉龐。

「妳、妳怎麼開口就誣衊我。我明明是打從心底把戶張同學當朋友……」

經過前幾天的交手，夏海已經知道她只是厚著臉皮在演戲。

然而柊子並不知道，還以為真鴇真的如她所言，受到了嚴重打擊。柊子轉向夏海，厲聲要求：

「夏海，妳快向淡河同學道歉。妳剛才說的太過分了。」

聽到柊子為真鴇說話，這次換作夏海大受衝擊。

夏海雖然知道真鴇的真面目，卻沒有確切的證據，倘若柊子不相信她，只會演變成沒有結果的爭論。但她仍懷抱一絲期待，詢問柊子：

「……柊子，妳不相信我說的嗎？」

她們可是摯友，不僅小學時共有過寶貴的回憶，還說好要一起精進自己。然而，深信真鴇是朋友的柊子，完全聽不進夏海說的話。

「就算是朋友，也不能全盤接受對方的行為啊。因為我把淡河同學當作是和夏海一樣重要的朋友。」

夏海內心有什麼東西洩了氣地逐漸萎縮。

如果她能冷靜一點，或許還可以與柊子好好談談。但是，對於摯友竟然不願意相信自己說的話，夏海不僅失望，也非常生氣。

「……是嘛。那我不管妳了。」

夏海轉過身，氣沖沖地邁步離開。走遠之前，背後傳來真鴇與柊子的對話。

「戶張同學，謝謝妳。」

「哪裡。既然是朋友，這也是應該的啊。」

夏海更是火冒三丈，重重地踏出步伐。

事後回想起來，大概是因為看到真鴇與柊子那麼親近，她內心不由自主地感到嫉妒吧。

自那之後不到一週，柊子表示放學後想跟夏海見一面。

指定地點是目前沒在使用的空教室。

夏海滿心納悶地打開教室的門，卻發現教室內不只柊子，在她身後還有淡河真鴇，以及形同跟班的兩名女學生。

「……夏海。」

站在教室正中央的柊子一看見夏海進來，便用茫然無神的雙眼看著她。一眼就發覺異樣的夏海不禁後退，發出僵硬的話聲。

「……柊子，這是怎麼回事？妳想做什麼？」

夏海的目光無措地游移，最後停在笑得格外愉快的真鴇身上。她立刻瞪向真鴇，大聲質問：

「淡河同學！妳這是什麼意思？妳到底想讓柊子做什麼？」

真鴇眉毛挑也不挑，一派若無其事地瞥向柊子。

「我哪有什麼意思，是戶張同學叫我過來的喔。她說有樣東西一定要讓我們看看。對吧，戶張同學？」

「……是的。」

柊子用細若蚊蚋的聲音應道，但明顯口是心非。

夏海的呼吸急促起來，柊子則用快要哭出來的雙眼看著她問：

「夏海，妳還記得嗎？我們約好了，總有天要一起去看冬天盛開的花。」

「那當然啊！那是我和柊子成為朋友的重要回憶……」

下一秒，淡河真鴇發出奚落笑聲。她毫不客氣地笑到自己滿意為止後，轉頭對跟班們說：

「冬天盛開的花？那是什麼啊。妳們聽到了嗎？」

這句話就像暗號一樣，她們嘻嘻地冷笑起來。

她們自然都不敢違逆真鴇，但現場沒有任何人站在夏海這一邊，可說是不爭的事實。

重要的約定被真鴇她們當成笑話，夏海心痛不已。

真鴇盡情欣賞了夏海說不出話來的樣子後，循循善誘般地說：

「這世上哪有那種東西呢。大家在小學的理化課上都學過了吧。戶張同學，妳真的相信這種事情嗎？」

「怎……怎麼可能嘛。」

柊子的回答生硬得像在唸台詞一樣，接著更用不停顫抖的話聲說：

「因為我、和夏海不一樣……是、是優秀的學生。就是因為妳還在說幼稚的夢話，說什麼想成為畫家，才會連明擺在眼前的事實也沒發現。」

柊子與夏海建立起來的友情，就這麼遭到柊子否定。

對夏海來說，這些話帶來的痛楚就如刀割一般。她忍不住跪倒在地，發出啜泣聲。

柊子臉色凝重地走向她。

在夏海面前站定後，柊子打開手上圖筒的蓋子，拿出一張紙來。是那幅《冬天盛開的花》。

「…………咦？」

在柊子動手前，夏海就明白到了她想做什麼。也發現站在眼前的柊子，動著嘴巴無聲地說：

——夏海，對不起。

柊子以雙手舉起那幅畫作後，狠下心動手撕碎。

就在那一瞬間，夏海心中也有某種重要的東西跟著破碎了。她茫然地垮下腦袋，柊子更是在最後給予一記重擊。

「夏海，才不是我的朋友。」

她的聲音輕細得幾不可聞。僅僅透過散發出來的感覺，夏海就知道柊子在哭。

但是，無論柊子怎麼哭著道歉，她做出的事情已經無法挽回。

真鴇走向跪在地上、一臉茫然自失的夏海，神色愉快地說：

「加油吧。如果時間所剩不多的話，我建議妳改去花店工作唷，蛋糕店的霧島同學。」

附耳這麼說完，真鴇意氣揚揚地帶著跟班們走出教室。

幾人離開以後，柊子蹲下來挨向低頭跪地的夏海。

「夏、夏海……真的、很對不……」

柊子抽噎啜泣起來。夏海抬起頭與她對視的瞬間，至今曾與柊子共有的記憶一一閃過腦海。

她們曾經看著《冬天盛開的花》，討論得非常開心。

即便懷抱不同的夢想，也全力支持對方。

為了夢想還說好要切磋勉勵，互相鼓舞。

與柊子一起創造的那些回憶，都是為了這樣的未來嗎？一想到這裡，強烈的空虛感猛然襲來，眼前的世界扭曲變形。

「嗚、嗯。」

下一秒，夏海忽然感到無法呼吸，拚了命地吸取空氣。但剛吸進肺裡的氧氣好像又馬上流掉，她只覺得越來越痛苦。

但越是焦急就越難受，夏海接著橫倒在地。

「夏、夏海？妳怎麼了？妳沒事吧？」

就連柊子的呼喊聲也漸漸不再清晰。

這種與現實斷開的感覺反倒讓夏海覺得很舒服自在，她不再掙扎抵抗，任由意識飄向遠方。

夏海被救護車載到醫院後，由於檢查後身體並無異常，醫生判斷應是壓力造成的過度換氣，當天她便在母親的陪伴下出院。

隔天，夏海如常到校上課。看到夏海不過一天的時間就憔悴不少，柊子縮著身子向她道歉。

「……那個，夏海，真的很對不起。」

夏海只是瞥了柊子一眼，不發一語地起身，離開教室。

她的目的地是美術社社辦。夏海默不作聲地開門，柊子極力向她搭話。

「那個……妳會參加冬季的比賽吧？不會放棄成為畫家的夢想吧？」

社辦桌上，擺著好幾張社員們畫到一半的水彩畫。

夏海走向自己的作品，這時終於開口。

「算了吧。」

「什、什麼算了？」

聽見柊子帶著懇求的追問，夏海輕輕閉上眼睛，嘆了口氣。
「一切都無所謂了。」
然後她伸手用力一揮，將自己的畫作揉成一團。
少女正沉向海底的幻想世界，眨眼間在夏海手中變成純粹的廢紙。
夏海突如其來的舉動讓柊子目瞪口呆，發出悲鳴般的吶喊。
「夏、夏海？妳在做什麼——」
「我不會再畫畫了。反正畫畫也沒有任何意義。」
沒等柊子說完，夏海斷然宣告。
為了證明自己的決心，光是揉成一團還不夠，夏海更把畫作撕得粉碎。柊子只能愕然地望著夏海。
「怎、怎麼會沒有意義……」
「真的沒有意義啊。我是因為嚮往《冬天盛開的花》才開始畫畫，參加比賽以後卻沒有得獎。因為那幅畫而變成朋友的柊子，甚至背叛了我。現在我總算明白了。不管是打動人心的作品，還是觀賞時心生的感動，在現實生活中一點幫助也沒有。」
說話時，夏海的聲音顫抖著。每說一句否定自己的話語，她就覺得自己的內心又缺了一塊。

「才……才沒有這種事！」

柊子一臉泫然欲泣，伸手搭在夏海的肩上，試圖繼續說服她。

「能夠遇見《冬天盛開的花》、與夏海成為朋友，我真的很高興——」

「妳以為現在這樣是誰害的！」

夏海奮力甩開柊子的手，踩著重重的腳步走向社辦角落，把碎紙揉起來扔進垃圾桶。她用她自己的方式，向柊子宣告絕交。

夏海急促地呼吸著，噙著淚眼轉身對柊子說了。

「妳很高興因為《冬天盛開的花》和我結為朋友？從妳親手毀了那幅畫的那一刻起，我們之間就沒有任何關係了。不要到現在還裝作是我的朋友，特意來接近我。妳就和妳最喜歡的淡河同學，一起開心地說我的壞話吧。」

夏海一把推開啞然失聲的柊子，快步走出美術社社辦。

「妳才不是我的朋友。最先這麼說的人是柊子吧。」

沒有理會還在原地的柊子，夏海幾乎要震碎玻璃地用力關上門。

然後自那一天起，夏海以在家休養為藉口，沒有再去上學。

❄

夏海說完以後，長長的沉默降臨。

我低著頭不說話，夏海怯生生地朝我開口。

「……那個，我能告訴妳的就是這些了……」

「嗯，我知道了。謝謝妳願意告訴我。」

被夏海催促後，我用力吸了一口冰涼的空氣，這麼回道。

導致兩人決裂的「柊子的誤會」，原來她誤會的對象並不是夏海，而是指刻意接近自己的真鴇。為了報復反抗自己的夏海，真鴇與柊子短暫地結交為朋友，並且唆使兩人絕交——這就是一切的真相。

儘管終於知道真相，我卻一點成就感也沒有，反而得集中所有精神，努力壓下在心裡瘋狂翻滾的熊熊怒火。

閉上眼睛，我盡可能以平靜的口吻說了。

「夏海，不好意思，明明是我把妳叫出來，但今天先就此道別吧。我得去一個地方。」
我好不容易擠出這句話後，夏海戰戰兢兢地問道：
「妳、妳要去哪裡？」
本打算在與夏海道別前要保持冷靜，我的忍耐卻到達極限。
我一走過夏海身邊，忍不住怒氣沖天地咬牙表示。
「那還用說嘛。當然是現在就去揍飛那個臭女人！」
我頭也不回地大步前進，夏海急急忙忙地追上來。
「妳、妳冷靜一點！柊子……不對，是緣小姐！」
被夏海抓住肩膀的我停下腳步。她一臉認真地盯著我瞧後，深深點頭。
「現在我能肯定，妳真的不是柊子。緣小姐，對不起之前懷疑妳。」
「啊，嗯……這樣當然最好，但沒想到妳這麼乾脆。」
「嗯，因為柊子不會說這種話。」
「是嗎……她沒說過這種話嗎……」
虧我剛才還眼眶含淚拚命解釋，內心不禁五味雜陳。在我還有些不能釋懷的時候，夏海再次勸道：

「總之，衝動行事太危險了。我想緣小姐也知道，淡河同學不論在校內還是校外，都擁有強大的影響力。妳如果輕舉妄動，不曉得她會怎麼報復。」

聽完夏海說的這些，我總算明白柊子為什麼不肯告訴我詳情。

並不只是因為她想留在我的身體裡死去，以及毀了我的畫作後有罪惡感。柊子多半是擔心我，不想讓我去面對真鴇的惡意。她之所以沒有直截了當地說真鴇就是萬惡的根源，可能也是因為儘管只有短暫一段時間，但她真的曾把真鴇當成朋友，所以對此感到內疚吧。

與此同時，夏海會如此堅決地不肯重新接受柊子，我也想到了另一個理由。

「那麼……夏海至今會不願意打開心房，難道也是為了柊子著想嗎？是為了保護柊子，不讓淡河同學傷害她？」

倘若是真鴇要求柊子與夏海絕交，那麼一旦再與夏海有所牽扯，下次有可能換柊子遭到報復——夏海就是擔心這一點，才一直與柊子保持距離吧。既然夏海與柊子曾是摯友，兩人會有類似的想法也不奇怪。

聽了我的推測，夏海別開目光。

「這雖然是原因之一……但也不是全部。」

夏海眼裡閃著淚光。她吸了吸鼻子後，訥訥地開始訴說。

「和柊子成為朋友的時候，我真的非常高興。因為柊子個性內向，又比我聰明很多，我一直對她感到好奇，卻始終找不到機會說話。當初可以看著那幅畫一起開心聊天，我真的覺得這世上有比專長和個性差異更重要的東西。」

夏海低垂的臉蛋滾下淚珠，滴落在地面上。她抬手抹去眼淚後，話聲模糊地接著說了：

「可是……我與柊子的友情卻那麼輕易就被摧毀了。我也知道那是淡河同學的陰謀，柊子是逼不得已聽從她的命令，可是……那友情究竟又算什麼呢……？」

夏海抬起頭來，難過地向我傾吐。

「如果屈服於惡勢力，就對朋友什麼事情也做得出來，這樣子真的還能稱作朋友嗎？跟這種人當朋友真的有意義嗎？至今我深信的那些事情，根本毫無意義——」

夏海費力擠出的話聲倏地停了下來，因為我用力抱緊了她。我在近距離下感受著夏海的體溫與心跳。

「夏海，妳很努力呢。」

夏海好一會兒說不出話來，最後似乎是大腦總算理解了現實，她緊緊地摟著我，開始發出壓抑的哭泣聲。

我毫不在意制服被夏海的眼淚沾溼，溫柔地拍著她的肩膀。

「妳們建立起來的友情絕對不是毫無意義喔。我也絕不會讓它毫無意義。所以，即便妳還無法原諒柊子，也應該要挺胸相信，當時妳們兩人建立的友情是有意義的。」

「……嗯……！」

慢慢地，夏海似乎冷靜下來。她放開我時，臉上恢復了一些血色。雖然我這只是暫時的安慰，但總比什麼也不做要好吧。

我稍微安下心來，對夏海微笑。

「明天我會找淡河同學談談。妳放心，我不會再讓她欺負夏海了。」

「……雖然由我來說可能很奇怪，但這件事還是算了吧。在這世上，就是會有無可奈何的不公，也有些人永遠無法理解彼此的想法。而且這樣一來緣小姐也不會留下不愉快的回憶，剩下的就是即將轉學的我和柊子自己的問題了……」

夏海似乎已經徹底看開，但我靜靜搖頭。

「不行，我不能撒手不管。我剛才也說了，淡河同學說不定與我跟柊子的靈魂互換有關。如果談過後還是不行，我也必須想些辦法。」

夏海一臉嚴肅地不安低喃。

「妳說要和她談談，可是……」

「放心吧，總會有辦法的。別看我現在這樣，我的年紀可是妳的兩倍大呢。」

為了讓夏海安心，我刻意用樂觀的口吻說。無論真鴇會做什麼，但我再不採取行動，柊子就會有生命危險。我沒有什麼好害怕失去的。

況且，我也不是毫無對策就要與真鴇談話。

既然柊子現在謝絕會面，繼續待在這裡也無濟於事。我帶著夏海準備離開醫院，但在我踏出腳步前，夏海叫住了我。

「那個，緣小姐。最後我想問妳一個問題。」

「好啊。別說最後了，想問幾次都可以。」

我爽快回答後，夏海有些難為情地壓低音量問了：

「緣小姐……真的覺得現實中有花像那幅畫一樣，會在雪地裡盛開嗎？」

大概是中學生要向大人問這種問題，有些難以啟齒吧。

其實，現在的我已經知道確實有櫻花會在冬天盛開。例如子福櫻與不斷櫻這些品種，一年中包括冬天在內會開花兩次，長長的花期還從秋天持續到春天。

但是，我決定不說。有部分也是因為我並未親眼見過，但更重要的是，夏海想尋求的，恐怕並不是這麼單純的正確答案。

我自行推斷了夏海問題的真意後，理直氣壯地回答：

「正如同夏海以前說過的，說不定在這世上某處真的存在啊。就算現在沒有，也許到明天就有了。植物在經過長年累月的演化後，說不定有天會以意想不到的形式結出果實。對吧？」

這並不是特意說給夏海聽的場面話，而是我發自內心的想法。

夏海大概也意會到了，深深嘆口氣後，自言自語地說：

「緣小姐……真是堅強呢。」

我露出苦笑，用食指戳戳自己的右臉說了。

「還好啦，畢竟我還經歷了靈魂互換這種超常現象嘛。有花在冬天盛開，我反倒覺得根本沒什麼大不了……更何況，來到這世上終歸要走一遭。與其認定沒看過的東西就是不存在，試著去想像『它也許真的存在』會過得比較開心吧？」

我把手背在身後，仰望光禿禿的染井吉野櫻，祈求被毀損的畫作能夠安息。

「因為我在畫那幅畫的時候，傾注了我對未來的所有希望啊。」

隔天上學時，我踏出的每一步都比先前要強而有力。

聽完夏海的說明，我了解了所有真相。我與柊子的關連、柊子與夏海的決裂、隱藏在這一切後頭的淡河真鴇。

如果想要解決所有問題，勢必得與淡河真鴇正面交鋒。倘若是柊子想尋死的念頭導致了我們兩人靈魂互換，那麼真鴇就是最根本的原因。反過來說，若能了結與真鴇的孽緣，讓柊子與夏海解開心結、重新變回朋友，也許我與柊子就能變回來。

歷經無數次的失敗，好不容易終於走到這一步。只要是我能做的，不管是什麼我都會去做。

真鴇正在教室裡優雅地看著課外讀物，我做好覺悟開口叫她。

「淡河同學，我們可以稍微出去談談嗎？」

似乎察覺到我散發出來的氣息不同往常，幾個班上同學都往我們看來。

真鴇毫不在意她們的目光，綻開爽朗的笑容應道：

「好啊，有什麼事嗎？」

如果不是我很相信夏海，此刻大概會忍不住懷疑是不是自己誤會了。甚至明明親眼目睹她的蠻橫言行，仍會忍不住覺得她的主張才是對的。

但是，我不能對藏在她假面具下的真實臉孔視而不見。

來到沒什麼人影的走廊，確認四下只有我們兩人後，我開口說了。

「淡河同學，妳還記得現在不來學校的霧島夏海同學吧？包括她不來上學的具體原因。我希望妳別再做那種事了。不管是夏海，還是對其他學生。」

「妳在說什麼？當初明明是妳自己想那麼做的喔。是妳說『我不想再跟成績不好的人來往了』。」

真鴇瞥了我一眼，傻眼地聳聳肩。

「現在妳才感到害怕，還把責任全推到我頭上，這樣也太難看了吧。」

她的反應在我預料之中。要是沒什麼交情的人出面勸導，她就願意改變想法的話，那從一開始就不會做這種事。

我拿出反手藏在身後的王牌，遞給真鴇。

「淡河同學，能請妳看看這個嗎？」

資料夾裡夾著一張紙。

真鴇接過後一看見上頭的文字，首次露出錯愕表情。

「這是……」

那張紙是學生會長的罷免提案書。

依據校規，若全校有三分之二的學生簽名連署，就能罷免學生會成員。雖說這條校規如今幾乎形同虛設，但規定就是規定。真鴇這個學生會長的位置並不是絕對無法動搖。

但是，真鴇受到衝擊的時間沒有持續太久。她大略看了提案書上的內容後，不快地連同資料夾推回給我。

「還以為妳想做什麼，真無聊。妳以為靠這麼粗糙的威脅，我就會聽妳的話嗎？」

真鴇說的沒錯，現在都還沒開始連署，而且以現況來看，蒐集不到多少連署的可能性還比較高。比起提案書，真鴇更主要是吃驚於文靜乖巧的柊子，竟然採取強硬手段吧。此時的她，早已回復平常高傲的姿態。

收回資料夾後，我毫不退縮地與真鴇對峙。

「這是為了展示我有多麼認真。但是在那之前，我想先與淡河同學開誠布公地談談。淡河同學也不想承擔無謂的風險吧？」

對方是中學生。即便要使出強硬手段，也是到了最後關頭迫不得已。最重要的是，我對真鴇太一無所知了。

「這樣能讓妳滿意的話，就隨便妳吧。但我想談了也不會改變任何事情。」

真鴇沒好氣地冷哼一聲，這麼回答。

我做了一個深呼吸後，直視真鴇的雙眼問道：

「淡河同學，夏海在發生某件事之後，就再也不畫畫了。她說她要捨棄從小學開始懷有的、成為畫家的寶貴夢想。對此，淡河同學一點感覺也沒有嗎？」

「我只覺得這是非常明智的決定喔。沒錯，非常明智。」

真鴇毫不理會我的提問，揚起冷酷微笑。

「畫家這種職業，只有極小部分的天才能夠成功。不僅如此，與之對應的教養也不可或缺。若連中學時期的比賽也無法得獎，還妄想在日後有所成就，這個世界是不會讓她如願的。幸好她沒有因為年紀還小就自認為無所不能，結果丟人現眼。以長遠的目光來看，霧島同學反而該感到幸運呢。」

「淡河同學又不是畫家，妳怎麼能肯定？就算最後當不了畫家，曾經拚盡全力去做某件事情，這樣的努力也不見得會白費吧？」

我極力克制自己的情緒，冷靜反駁真鴇。

真鴇像要展現自己的遊刃有餘，將一頭柔亮秀髮撥到腦後。

「各種才藝我都略有涉獵，當中也包括了繪畫。所以，我很清楚喔。沒有錢的人，最後會抵達怎樣的終點。」

「……妳在、說什麼？」

我低聲質問，真鴇一派坦然自若地回答了。

「就是淒涼的孤獨與悲慘的死亡。不被任何人需要，也不被人所愛，只能一再地任人壓榨，最後在窮途潦倒中死去。他們總要等到一切已無法挽回時才明白這個道理，然後舌粲蓮花地想從我們這裡搶走什麼。所以，無知是罪，不學無術是惡。每個人都該站在自己該站的位置，與該相處的人來往，才能得到幸福。」

「妳不要擅自決定別人的幸福。我倒覺得正因為人生有限，更應該與各式各樣的人來往，了解不同的價值觀。」

真鴇一說完，我立即反駁。聽到她悉數與我背道而馳的言論，肚子裡好像有把火在熊熊燃燒。

深呼吸讓自己冷靜下來後，我再度直視真鴇的雙眼。

「淡河同學說的『該站的位置』，是以考試成績為基準吧？可是，妳以為非常平凡的人，她也許私底下非常努力，總有天會考到比妳還要好的成績。也說不定除了讀書以外，還擁有著某種不為人知的厲害才能。難道不是嗎？」

我祈求著真鴇還有所謂的良心，試圖說服她。

然而，從真鴇漆黑的雙眼，我看不出一絲一毫的心緒起伏。

「妳說的一半對了，另一半卻錯了。如果只是漫無目標地活著，那只會習慣無能的自己，也就無法期待這個人能讓才華開花結果，或是有顯著的成長。如果有人真的具有才能，打從一開始就會顯現出來了。而沒有才能的人需要的，就是能夠當作起爆裝置的危機感。」

「所以淡河同學才帶頭煽動，讓大家產生危機感嗎？」

聽著她傲慢的論調，我的忍耐漸漸達到極限，目光和口氣開始變得嚴厲。

「妳那根本是自以為是的歪理。結果淡河同學只是為了自己高興，擅自在為這個世界下定義吧？」

「妳真的這麼認為嗎？」

被真鴇反問，我一時語塞。

真鴇注視著我，眼中並不只是單純的惡意。

「戶張同學，妳真的以為我因為與生俱來是富家千金，才這麼不講道理又反覆無常，欺負那些成績不好的學生嗎？」

在真鴇認真的眼神凝視下，我不禁吞了吞口水。在心裡小瞧對方，以為真鴇不過是中學生的我，此刻第一次被她的魄力震懾得慌了手腳。

「妳到底想說什——」

「那我反過來問戶張同學吧。妳若不秉著自認為正確的言論，真的就能抬頭挺胸地說出剛才那些話嗎？妳至今往來過的那些人，也是經過妳自己的判斷和偏見篩選出來的吧？」

意想不到的反擊令我詞窮。

「妳……」

這根本是狡辯。要與所有人建立平等的關係，本來就是不可能的事情。但真鴇在這時候所說的這些話，足以讓我答不上話來。

眼看我無言以對，真鴇露出了愉快表情。

「不過是挑選的基準不一樣，戶張同學也在選擇要與誰交朋友吧。如果妳認為自己至今做過的所有事情，從不曾傷害過任何人，我只能說妳的想法不僅傲慢，而且大錯特錯。如果了解多樣的價值觀那麼重要，那妳也應該尊重我的價值觀才對吧？」

真鴇這番伶牙俐齒讓我的腦袋停止運轉，同時也讓我急速失去自信。

把我駁倒以後，真鴇一臉滿足，簡短嘆口氣後，從我身邊颯爽走過。

「妳以為拿罷免權來威脅我，就能讓我聽妳的話嗎？校規就是校規。如果妳真的想把我罷免掉，儘管動手吧。前提是，戶張同學有那種能力與覺悟的話。我無意放棄自己現在選擇的這條路。」

真鴇邊說邊優雅邁步，不再回頭看我一眼，從背影也看得出她多麼遊刃有餘。

而還留在原地的我，對於自己竟然無法說服一名少女，深受打擊到無法動彈。

回到家後，我撲向床舖發出怪叫。

「啊————————！！！！！」

我把臉埋在枕頭上降低音量，不斷詛咒腦內那個可恨的真鴇。

「莫名其妙！她以前到底經歷過什麼事情，個性太扭曲了吧！以後絕對不會變成出色的大人！還擅自指使別人毀了我的畫作！下地獄去吧！混帳混帳！」

像個孩子地痛罵了一會兒後，我總算覺得痛快許多，仰躺在床上看著天花板。真不甘心。我本來還很有自信，卻被說得一句話也無法反駁，只能單方面聽她數落。明明對象只是一個讀中學的少女。

而真鴇最致命的一擊，就是她離開前說的話。

——如果妳認為自己至今做過的所有事情，從不曾傷害過任何人，我只能說妳的想法不僅傲慢，而且大錯特錯。

這句話完全踩到了我的痛處。

像是當年被那個小女孩影響後，畫了《冬天盛開的花》；奮不顧身去救柊子；關於自己的病，從來沒有告訴過同事和上司；硬是插手夏海與柊子的問題——這些我覺得做了比較好的事情，也許到最後反而傷人更深。只是我沒有察覺而已，也許類似的事情還有很多。

但當然，就算是這樣，我也不打算對真鴇的行為坐視不管。只不過真鴇剛才的反駁太具有殺傷力，削弱了我想說服她的意志。

「……本來還希望談過以後能解決，果然不可能呢……」

夏海曾說，在這世上就是會有無可奈何的不公，也有些人永遠無法理解彼此的想法，這些話完全正確。如果勸導沒有用，真的只能發起罷免真鴇的連署了。想讓全校三分之二的學生願意連署，這個門檻確實很高，但也絕對不是痴人說夢。

可是……

「這麼做真的好嗎？」

其實我仍無法死心，還是想讓真鴇改變想法。

真鴇還只是中學生而已。中學生的心智尚不成熟，若在這時候就擁有太過龐大的力量，不管是誰或多或少都會走偏吧。即使成功罷免了真鴇，那之後呢？她或許會反省自己犯下的過錯。但同樣地，也有可能在顏面掃地以後為了洩憤，做出比現在更要偏離正軌的行為，也有可能像柊子與夏海那樣成天鬱鬱寡歡。

每一個人，都在選擇要與誰做朋友。

真鴇的主張不盡然全是歪理。如果就只是要把討厭的傢伙排除在外，那由已經是成年人的我來做這件事，又有什麼意義。

——快想，快想啊。

我與柊子之所以靈魂對調，是因為她被人逼著與夏海絕交。而那個第三者是淡河真鴇，現在也是她梗在中間阻撓兩人和好。為了消除她這個障礙，我能夠做什麼？

不對……只有我能做的事情，是什麼？

我逐一整理至今蒐集來的情報。

我與柊子靈魂對調的理由。

柊子與夏海變成朋友的契機。

因真鴇的暗中挑撥，兩人友情決裂。

「…………啊。」

我下意識地坐起來，目不轉睛地看著學校的行事曆。

現在是十二月上旬。雖然時間有點趕，但說不定還來得及。

我立刻跳下床換好衣服，撥打某支電話。

──我相信，一定有什麼事情是只有我才能做的。

第六章

冬天盛開的花

幾天過後，完成了各種事前準備，我來到柊子所在的病房。

當然我預先打過電話，確認現在謝絕會面的限制已經解除。但走來醫院的一路上，我心裡還是緊張到七上八下。畢竟之前應該是我生平頭一次與人激烈爭吵，說不尷尬是騙人的。

站在病房門前，我閉上眼睛，深吸一口氣。

沒問題的。雖然繞了點遠路，但我正一步步接近終點。我這樣鼓勵自己，用力咬牙打開門。

躺在床上的柊子，與剛住院時相比簡直判若兩人。

她不僅面色蒼白，而且多半沒有攝取到足夠的營養，髮絲粗糙乾燥，臉頰也凹陷到顴骨明顯突起。但有些空洞無神的雙眼，恐怕與疾病並無關係吧。

整個人看來與幽靈無異的柊子一看見我來探望，開口第一句話就問：

「妳想好答案了嗎？」

用不著問，我也知道她是指什麼。

答案。即是柊子提議的，我以戶張柊子的身分活下去，她以赤月緣的身分死去。

我沒有任何停頓地果斷拒絕。

「我的答案當然是ＮＯ啊。」

聽了我的回答，柊子僅是眉毛微微一動。

我把手扠在腰上，氣勢十足地說了。

「我的身體只屬於我，不能給柊子喔。我們向彼此借來的身體，應該要確實還給對方，這樣才對吧？」

柊子垂下目光，小聲囁嚅。

「但就算妳這麼說，現在我們還是不知道該怎麼變回去啊……」

耳尖的我聽見後彈響手指，咧嘴笑著宣告：

「沒錯，所以我今天就是為此而來。這次我們說不定可以變回去喔！」

「咦？」

柊子瞪圓了眼，我開始向她報告截至目前為止發生的種種事情。包括夏海告訴我的所有真相、我與真鴇已經談過的事，還有根據這些事情，我在思考後決定採取的行動。

如果我們的靈魂會對調，起因是柊子與夏海的決裂，那麼絕對也與惡意挑撥的淡河真鴇脫不了關係。反過來說，真鴇很有可能是我們變回去的線索——這是我腦中率先浮出的想法。

但經過昨天的對話，我發現真鴇扭曲的自尊心比預期還要難以改變。因此，我決定試著去動搖真鴇身邊的人。只要真鴇身邊人們的想法改變了，也許她就會產生真有可能被罷免的危機感，然後不得不承認自己的過錯。

若想對抗真鴇在校內散播的負面氣氛，就需要有足以將其趕跑的正面能量。而且最好能讓大家與柊子以及夏海產生共鳴，效果越強越好。所以我決定舉辦聖誕派對，相信這種活動能夠發揮最好的效果。我的目標是利用派對，消除班上同學的對立，並且降低真鴇的影響力。

話雖如此，萬一我想舉辦的派對遭到反對，我也就無計可施。因此我先找了五十嵐與雪村這些平常都跟真鴇保持一定距離的同學，詢問她們有無意願參加，並請她們幫個小忙。
也不是要她們特別做什麼，而是如果認同我的想法，覺得學校的環境應該要讓學生們可以更加親密，那麼當我在班會時間提議要舉辦派對時，希望她們能舉手贊成。只要有過半數的學生同意，相信真鴇也不會強行反對。
而事前已打點好一切的我，便在班會時間提議舉辦聖誕派對，然後簡單說明活動時間、參加費用以及舉辦的理由。
最後，我以下面這句話作為結尾。
「壓軸活動是我與夏海策劃的『冬天盛開的花』，保證讓大家值回票價喔。」
聽到我這句話，幾名看來一臉想睡的學生清醒過來。
「咦？霧島同學現在不是沒來上課嗎？」
「而且『冬天盛開的花』是什麼啊？」
「呵呵呵，當天請拭目以待。」
面對大家不斷提出的問題，我只是笑得意味深長。
而班上同學們聽完我的提議後，一臉好奇地互相對看。
「咦～跟我們說嘛。很讓人好奇耶。」

「聖誕派對嗎……怎麼辦？要參加嗎？」

「我想想喔～既然有派對，如果沒其他事情的話，我大概會參加吧。」

我之所以故意這麼說，一半自然是為了引起同學的興趣，一半是為了向真鴇傳達訊息。也就是我還沒放棄真鴇曾否定過的冬天盛開的花，以及與夏海的友情。

那麼，究竟真鴇會做出什麼決定——

「這提議真是太棒了，當天請務必讓我參加。」

真鴇一邊說，還一邊給予表揚般地拍手。

不少同學似乎很驚訝真鴇這麼說。她們都以為這種班上同學一起開心玩耍的派對，真鴇鐵定會反對，再不然就是不會參加吧。

然而，我很確定真鴇不會反對。真鴇不喜歡學生們不顧自己的身分地位，隨意與他人交流。但是，現在班上的氣氛明顯不會否決我的提議。既然如此，倒不如先同意我在校內舉辦派對，並表明自己也會參加，屆時在旁監督更能達到施壓效果——真鴇想必會如此判斷吧。

真鴇站起來，動作誇張地把手貼在胸口上繼續說：

「戶張同學的想法太令我感動了。身為學生會長，我必定幫忙推動，讓聖誕派對能順利舉辦。」

真鴇說話時，臉上的笑容不太像是打從心底期待派對，更像是在暗示我一言既出，駟馬難追。

接著不出所料，為了不讓我有退路，真鴇笑容可掬地提議說了：

「難得要舉辦派對，不如也邀請其他班與高年級的學生，大家一起共襄盛舉吧？」

我說完以上這些事情，令人坐立難安的靜默籠罩病房。

一會兒過後，柊子小心翼翼地舉起瘦骨嶙峋的手。

「那個……雖然我有很多事想吐嘈……但假設派對真的成功舉辦，那到底有什麼用處呢？」

柊子的問題直搗核心，我得意洋洋挺胸。

「要是柊子可以成為班上的人氣王，就能提高罷免淡河同學的可能性吧？運氣好的話妳說不定還能競選下一任的學生會長，那就更完美了。」

「原來是有這種政治意圖嗎？」

「啊哈哈，但當然，這不是我的主要目的啦。」

我露出淘氣的笑容後，接著正色，說出真正的答案。

「如果可以成功呈現『冬天盛開的花』，將淡河同學一軍，相信一定能讓柊子妳們產生自信；也能證明柊子與夏海那麼珍惜的回憶，確實有著不可抹滅的價值。到那時候，妳就不會覺得自己會重蹈覆轍了吧？這一切都是為了製造契機。」

我一直在想，柊子的毫無自信以及對真鴇的畏懼，會不會也是我們變不回來的阻礙之一？但我再怎麼費盡脣舌，也無法讓柊子與夏海受傷的心癒合吧。

因此，這件事我非做不可。為了讓我與柊子能變回來，也為了讓柊子與夏海往後可以活得抬頭挺胸。

聽完，柊子深深低下頭去。

「……為什麼？」

她緊緊捏起被單，露出打從心底無法理解的表情問：

「只要就這樣什麼也不做，緣小姐就不用留下任何不愉快的回憶，還能以健康的身體重新生活……妳就這麼討厭用我的身體活下去嗎？」

「怎麼可能呢。柊子的人生非常有趣喔。」

這不是客套話，而是我真誠無偽的回答。雖然並非只有好事，但是整體而言，每天我都過得非常充實。

聞言，柊子臉上的表情更納悶了。

「那究竟是為什麼？如果回到這副身體，緣小姐說不定會死喔。我不只犯下了無法挽回的過錯，還說了那麼過分的話，妳為什麼要為我做到這種地步……？」

柊子也是以她的方式在關心我，這份溫柔難能可貴。只不過，她的關心總有些搞錯方向。而我，也並非只是為了柊子和夏海才採取行動。

「因為對我來說，《冬天盛開的花》也是很重要的回憶。」

不僅是為了他人，這也是為了我自己。我人並沒有好到可以那麼不求回報地自我犧牲。

看著窗戶，我瞇起雙眼回憶從前。

「我啊，小學的時候其實個性非常陰沉喔。就連現在的柊子也遠遠比不上。知道自己活不了多久以後，我總是在想自己活著究竟有什麼意義……身邊的人也老是對我施捨不必要的同情，導致我變得自暴自棄。放假的時候我還會跑出去到處亂晃，獨自一個人畫畫打發時間。」

每個人都有所謂的黑歷史。

不過，我雖然會反省自己小學時的態度，卻從來不引以為恥，也不覺得該否定那段過往。因為我堅信，經歷過那段時間，才有現在的我。

「記得那天也是寒冷的日子，我在公園裡寫生，遇到一個年紀更小的女孩子要我畫張畫像給她。我雖然心裡覺得很麻煩，最後還是畫了。結果，看到我畫得那麼醜的畫像，那個小女孩居然高興得不得了，甚至還說：『我以後也要變成像大姊姊這麼厲害的畫家！』……」

小孩子就是這麼單純。只要看到好像很厲害的東西，很輕易就會尊敬對方。然而，當時那個小女孩的單純卻拯救了我。她純真的笑容與簡簡單單的一句感想，化作光芒照進我烏雲滿布的內心。

我沒問小女孩的名字與其他資料，所以不曉得她現在在哪裡做什麼。她多半已經不記得我了，但我希望她仍在這世上的某個角落，成為照亮別人的希望。

「看著那個小女孩的笑容，我也跟著感到開心，突然覺得自己一直鑽牛角尖真是太蠢了。也開始覺得，與其每天過得悶悶不樂，擔心自己不知道什麼時候會死，還不如像當時為那個小女孩畫畫一樣，做些可以使人高興的事情，讓自己也開心。那幅《冬天盛開的花》，就是在那之後畫的。因為我想告訴所有人，『不管處在多麼嚴苛的環境，都一定要懷抱希望』。」

那幅畫也有宣誓的意味在，提醒自己直到最後都要樂觀向前。為了證明那個小女孩帶給我的希望，以及像我一樣天生身體並不健康的人們，都是有其價值。

是那個小女孩讓我明白了這麼重要的事情，所以我畫成圖畫保留下來，以免忘記。將在寒冷公園裡笑得陽光燦爛的少女，比作「冬天盛開的花」。

「如果沒有遇見那個小女孩，我也不會畫那幅畫；可能個性還是那麼陰沉，會繼續做著上一份工作。後來也不會是我那幅畫，促使柊子與夏海變成好朋友。所以，是我自己無法接受這一切就這麼被淡河同學否定。」

淡河真鴇踐踏的，不只是柊子和夏海，還包括我與那個小女孩——不對，是和我們一樣抱有理想的所有人，都遭到了她的否定。

這點實在讓我看不下去。我絕不讓她踐踏一個人託付給另一個人的重要心意。我一定要用她嘲笑過的「冬天盛開的花」堵得她啞口無言，否則我嚥不下這口氣。

「……緣小姐。」

柊子的雙眼睜得老大。大概是因為我平常總表現得樂天開朗，她很意外我竟然有這一面吧。柊子忽然紅了眼眶，吸吸鼻子。

「對不起。明明緣小姐在我鬧彆扭的時候，還抱著這麼堅定的覺悟，努力與夏海以及淡河同學溝通，我居然還神經大條地對妳說，要是沒有那幅畫就好了……我覺得自己好丟臉。」

柊子低垂著頭。我彎下腰與她對視，落井下石地說：

「對啊，柊子。妳那句話真的讓我很受傷喔。還有，妳擅自不吃藥也是。」

「對、對不起，我做的事情真是太差勁了……」

「妳真的在反省了嗎？賭上性命在反省？」

「我、我真的在反省了啦。妳怎麼說話跟小學生一樣……」

柊子不知所措地回道。我咧嘴一笑，開口說了。

「柊子，那我有件事想請妳幫忙。」

我策劃的「冬天盛開的花」，說穿了就是在校內安裝燈飾。

在旁人眼裡，這就只是一場盛大的派對，但我可是很認真要藉此一決勝負。我要利用真鴇否定過的「冬天盛開的花」的力量，讓受她支配的學生們重新點燃心中熱情。對於自尊心甚高的真鴇來說，這肯定是種屈辱。若能發揮我們至今培養的強大意志力，跨過真鴉這道高牆，相信本來想尋死的柊子，一定也能萌生活下去的力量，她與夏海的友情也會比以往更加堅定。

如果一切都能順利做到——我與柊子一定也能變回原本的樣子。歷經一番曲折才走到今天這一步，所以我也只能這麼相信，展開行動。

星期五放學後，我、夏海還有取得外出許可的柊子三人一起來到學校，為校內樹木掛上燈串。星期天學校會開放校園，讓大家進來欣賞燈飾形成的花海。而且我還刻意安排大家不能走正門，只能從後門進來，才不會發現燈飾的存在。

我先是用ＬＩＮＥ通訊軟體聯絡同事，隨便編了理由像是「想讓住院中的孩子們高興」，成功向自己任職的活動企劃公司借到照明器具。當然這是要付費的，但幸好同事用員工價給了我優待，我自己也有在存錢，以備將來長期住院，所以費用上完全不必擔心。等公司把道具送來的時候，我向學校老師說明情況，取得了校園平面圖影本，仔細推敲要如何配置延長線與燈飾。

此外，理所當然地，「赤月緣」在取得外出許可時費了點工夫。雖說身體後來稍有好轉，已經可以到處走動，但之前畢竟是被緊急送醫，住院期間還一度病情惡化，下次只怕不知何時又會突然倒下。但是——不對，正因如此，柊子向主治醫師強烈表達自己的意願，最終取得許可。看來主治醫師偶爾也會尊重患者「不想留下任何遺憾」的心情吧。

我也因此再次意識到了自己剩下的時日不多，但內心毫無恐懼。真正可怕的，是還有重要的事情沒完成就死去。我會付出所有自己能付出的東西，進行挑戰。

「可是就算舉辦這種活動，一切真的能順利進行嗎？」

夏海一邊在暮色將臨的校園裡裝設燈串，一邊不安低喃，神色憂鬱地注視著串有許多LED燈的電線。

「冬天到處都看得到燈飾吧。恐怕也有不少人會自己在家裡安裝……」

夏海的擔心非常合理。由於「冬天盛開的花」是驚喜活動，所以我們必須趁著學生不在學校的時候布置燈飾，而且還不能被她們看穿。我雖然辦過多次類似的活動，但從不曾自己裝設過，也完全不曉得這對國中生來說有多少效果。

但我還是挺起胸膛，充滿自信地斷然說：

「放心吧。這些燈飾有緣姊姊施加了驚人的魔法，一定能擄獲所有人的心。」

我有信心，屆時綻放的將是不輸給任何地方、這世上最美麗的花朵。

夏海把手持照明燈掛在樹枝上，喉嚨深處發出低吟。

「嗯……可是，除此之外，我還有其他在意的事情……」

然後，就在夏海把手伸進燈串箱時——

「啊。」

她的手不小心碰到了同時也把手伸進箱子裡的柊子。

其實正確說來是我的手，只不過現在體內是柊子的靈魂。兩人在近距離下對望，沉默不語。而且就只是對望了好一會兒，誰也沒有下一步動作。

「……我去那邊布置了。」

最後夏海隨手抓起一把燈串，冷冷丟下這句話後，走到遠處去裝飾。

其實我會策劃「冬天盛開的花」，目的之一就是想藉由大家一起準備，讓柊子與夏海和好，但兩人的心結果然還很深。

「柊子，妳也一起過去吧？有個子高的人幫忙還是比較好，而且這是可以和夏海單獨說話的好機會喔。」

我提議後，柊子按著顫抖的右手，聲音細不可聞地說了。

「……可是，我不知道要和她說什麼。」

柊子吸吸鼻子，露出自我厭惡的表情低下頭。

「雖然我有好多話想說，但又很害怕與夏海面對面，擔心她如果拒絕我怎麼辦？如果我們不能和好怎麼辦？」

柊子一邊說，一邊看向夏海所在的方向。正在裝設燈飾的夏海背對著這邊，十之八九是故意的吧。

這兩個孩子真不坦率……我搔搔頭。

「所以妳覺得……只要什麼也不做，至少關係不會再惡化嗎？」

聽見我這麼問，柊子一臉難為情地輕輕點頭。

倘若有充分的時間，這或許也是一種選擇。但是，此時此刻最大的風險，不過就是「什麼也不會改變」。

「柊子，妳不能以為現在理所當然還在眼前的東西，永遠都會存在喔。人生根本不知道下一秒會發生什麼事情。不管再有錢、從事再好的工作，也有可能遇到詐騙或被解雇，結果變得身無分文；不管擁有多麼健康的身體，也有可能遇到隨機殺人魔或發生意外。不光是我，柊子與夏海都有可能遇上這種事。」

聞言，柊子的喉嚨抽動了下。我看著咬唇的柊子繼續說了。

「所以我們必須常常思考，不斷去選擇自己認為最好的做法。柊子，現在妳心目中

『最好的選擇』，真的是維持現狀嗎？妳就是想改變現在的自己，才選擇相信我，來到了這裡吧？」

「……我……」

柊子的遲疑沒有持續太久。她很快抬起頭，朝我堅定說道：

「我不要。要是就這樣無法與夏海和好，太可怕了。可能比死還可怕。」

我露出微笑，歡迎柊子的勇氣。

「那麼妳心裡有答案了吧。放心吧。跟讓花在冬天盛開，甚至跟死比起來，與朋友和好簡直小事一樁。」

柊子的害怕，正好代表了她有多麼重視與夏海的友誼。此刻要是逃避，跟往後不斷湧上心頭的後悔比起來，這個當下的不安根本不算什麼。柊子應該也已經切身明白到這一點。

現在柊子需要的，就是可以推她一把的簡單話語。

「妳很害怕跟夏海面對面嗎？別在意這種小事了。因為現在的柊子有著赤月緣（我）的外表啊。」

我一邊說，一邊用掌心輕推柊子的背，充滿氣勢地鼓勵她。

「儘管抬頭挺胸走過去吧，最好連我看了都覺得不好意思。」
「……是！」
柊子用力點頭，跑向夏海。
雖然無法聽見兩人的聲音，但我一點也不擔心。而且一直盯著她們瞧也很不識趣，所以我決定集中精神做自己的工作。

柊子走近後，聽見腳步聲的夏海回過頭來。
此刻靈魂在緣肉體裡的柊子侷促不安地縮著身體，用細若蚊蚋的聲音開口。
「……那個，她說最好有個子高的人來幫忙。」
夏海上下打量柊子後，哼了聲語帶挖苦地說：
「一段時間不見，妳長大了不少呢，柊子。」
「……嘿嘿。」
柊子難為情地笑笑後，隨即抿緊嘴唇，深深低下頭去。
「夏海，對不起。」
淚水滑出柊子的眼眶，滴落在地。她吸了吸鼻子，依然低著頭繼續說。

「我真的太差勁了。那天我對夏海說的話，雖然是受到淡河同學的指使，但不只是這樣而已。其實是我內心深處天真地想著，『如果是夏海，只要事後向她道歉，她一定會原諒我』，因為我們是好朋友……可是，正因為是好朋友，有些話反而更不該說，我卻太晚才明白這個道理。」

柊子抬起頭來，兩眼通紅，然後她從外套口袋裡拿出一個小紙盒。

裡頭裝著的，是她在病房裡做的串珠髮飾。先前緣說要與夏海一起準備派對的時候，柊子便拜託她幫忙買來材料。

柊子用不熟悉的雙手完成串珠髮飾後，在此刻遞給夏海。

「我不會再重蹈覆轍了。不管妳打我、罵我也好，我向妳保證，會用一輩子的時間來彌補。所以，拜託妳……重新和我做回朋友。」

夏海好一半晌沒有回話。她來回看著柊子與髮飾，慢慢閉上眼睛。

「……柊子，妳現在還想成為植物學家嗎？」

「嗯、嗯。我還因此查了很多大學——」

夏海走向柊子，毫不留情地拍落她手上的小紙盒。紙盒掉落在地，裡頭的髮飾隨之沾滿泥沙。

「妳那樣只是在白費力氣而已。」

然後夏海用這句冷酷的話語攻擊柊子。

就算柊子瞠大雙眼，夏海還是繼續攻擊。

「妳知道當上學者以後，要把研究當成工作持續下去，是件多麼辛苦的事情嗎？學者才不是妳想像中那麼美好又光鮮亮麗的工作。妳一定會忙得暈頭轉向，薪水卻沒有多少，也研究不了自己想研究的主題，到頭來身心還出了問題，只能辭掉工作。妳都因為害怕淡河同學而對她言聽計從，怎麼可能還做得了那種工作。」

柊子的身體顫抖起來，嘴角凍傷似的不停打顫。

夏海像要給予最後一擊般地抬高音量，接連說出否定的話語。

「所以妳只是在白費力氣而已。根本沒有意義。不只浪費時間，還浪費錢。妳懂了嗎？我勸妳還是早點死心，選擇其他出路，妳父母一定也會很開心吧。」

夏海說完，兩人之間持續了很長一段時間的靜默。

站在夏海面前，柊子幾乎要哭了出來。與任何暴力相比，夏海這些話更狠狠刺進柊子內心深處。她的肩膀顫抖，急促地吐著白色氣息，拚命吸取空氣。

「可是，我……」

再也受不了柊子這麼讓人難過的模樣，夏海粗魯地搔亂頭髮說了。

「………………唉～！真是的，我果然不適合做這種事情。」

話聲中透著自我厭惡。

對著一臉呆愣的柊子，夏海神色認真地說了。

「柊子，妳之前做的事情就是這麼過分。這種重要夢想被人否定的痛苦，妳千萬不要忘了。妳要向我保證，以後不只是我，也不會再對其他人這麼做。」

下一秒，柊子露出毅然堅定的表情，擦去眼淚宣告：

「知道了。我向妳保證，我絕對不會忘記。」

聽見柊子這麼說，夏海撿起自己打落在地的髮飾。拍掉泥沙後，用來綁頭髮。扭曲變形的手工髮飾，讓夏海覺得這是現在最適合自己的飾品。

現在，夏海終於能夠自然地展露笑容。

「妳能明白就好。要一直生氣也很累呢。」

柊子聽了安心得雙眼泛淚，無聲點頭。

隨後，兩人重新開始裝設燈串。一邊分工合作，夏海一邊開口說了。

「因為，我也還沒有放棄成為畫家的夢想。」

柊子看向夏海，發現她的側臉堅毅成熟，難以想像和自己一樣是中學生。

夏海沒有停下忙碌的雙手，接著說道：

「我對緣小姐也說過，我現在大概就是低潮期吧。別說畫畫了，連輪廓和簡單的線條我都畫不好。雖然不知道要花多久時間才能和以前一樣畫畫……但我會持續練習，讓自己慢慢進步，一定要在中學三年內得獎。」

緊接著夏海轉向柊子，綻放爽朗笑容。

「因為我果然最喜歡畫畫了！」

聽了夏海的決心，柊子高興的同時，也感受到強烈的罪惡感。

夏海表現得越開朗，越代表這件事有多不簡單。她要成為畫家的路途本就崎嶇難行，柊子先前的行為更是妨礙了她。

「……我奪走了夏海重視的許多東西呢。」

柊子低著頭喃喃說道，夏海輕輕搖頭。

「柊子，妳聽我說。其實我也有點後悔。」

夏海看著手上的燈串，呼出白色氣息。

「當時因為受到太大的打擊，我顧不了那麼多，但其實稍微冷靜下來以後，我應該再和柊子好好談談。畢竟我也很清楚，妳一定有什麼苦衷。可能是因為看到淡河同學與柊子那麼要好，我有點嫉妒她吧。」

接著夏海抬起頭，詢問柊子。

「我還是想問清楚，是淡河同學威脅了妳吧？她到底說了什麼？」

「她拐著彎跟我說，我如果不照她說的話做，在淡河 SYSTEMS 子公司上班的爸爸就會失去工作……可是仔細想想，中學生哪有那麼大的權力嘛。更何況她要是真的讓爸爸離職，那讓爸爸去夏海家的蛋糕店工作就好了啊，我根本不用那麼擔心。」

「啊哈哈……不對，這一點也不好笑。淡河同學做事真的很猛耶。」

「嗯。可是，現在我覺得她的無情，跟我們也不是毫無關係。」

柊子把整個身體轉向夏海，一臉認真地說了。

「夏海，其實我有一個想法，想請妳一起幫忙。」

看見柊子認真的表情，夏海摸著頭上的髮飾，露出淘氣的笑容應道：

「說來聽聽吧。而且我猜，我們恐怕在想同一件事情喔。」

幾個小時後，儘管累得像灘爛泥，但我們總算把燈飾布置好了。

柊子與夏海肩並著肩，臉上都帶著充滿成就感的笑容。夏海頭上還綁著柊子親手做的髮飾。這樣看來，兩人真的已經和好了吧。

我感到如釋重負的同時，也覺得很奇怪。

如今柊子與夏海已經修復裂痕，重新變回朋友，往後面對真鴇的惡意也不會再次屈服吧。而柊子會想尋死，追根究柢就是因為她與夏海的決裂並非自願……這樣想來，那我與柊子這時候應該已經變回來了。畢竟說到底，接下來要與真鴇進行的了結，也只是為了讓柊子能恢復信心。

然而實際上，我與柊子的靈魂並沒有回到自己的身體裡。

踏上歸途後，我仰望冬季大三角，出神地想著這些事情。

難道這是無法逆轉的現象嗎？還是說，與真鴇的正面對決果然無法避免？

抑或者——還欠缺了我沒有發現的其他條件？

——如果真有第三個條件，那到底還缺少了哪個碎片呢？

有人一直在暗中觀察，看著柊子三人從關上大門的學校離開。

負責監視的女學生坐在學校後門外的咖啡廳裡，一直守在窗邊，一看見柊子她們出來，立即撥打電話。

「淡河同學，她們離開學校了。果然和妳猜的一樣呢。」

『辛苦了，我馬上過去。妳也先在門口等著吧。』

十分鐘後，淡河真鴇與兩名跟班一同出現在學校的後門外。

按下門口的對講機，隨口撒謊說「有東西忘記拿」以後，她們走進校園。

隨便走到一棵樹前停下腳步，仰頭一看，即便在夜裡也能清楚看見樹上隨意地掛著裝飾燈。

「真是受不了平凡人的思考模式……」

真鴇掏出口袋裡的剪刀，毫不躊躇地剪斷電線。

「居然跟我猜想的一模一樣，我都感到暈眩了呢。而且她真的以為靠這種騙小孩子的把戲，能夠感動我們學校的學生嗎？妄想也太嚴重了。」

真鴇她們兵分三路，每棵樹上的燈串都縝密地剪斷五個地方，還巧妙地調整了位置，不讓人一眼看出遭受過破壞。

十分鐘過去後，她們已經破壞了所有燈飾。

一想到那般發下豪語的柊子，將在派對上出盡洋相，真鴇冷酷地暗自竊笑。

「呵呵……太可惜了。大家看不到冬天盛開的花了呢。」

淡河真鴇並非打一出生就想要擁有「才貌雙全的富家千金」這個地位。

小學時期，真鴇其實是成績很差的那一類人。就算為她請了一對一的家庭教師，她吸收的速度還是非常緩慢，一直到五年級為止，考試排名仍是從後面數來比較快。

始終為此感到自卑的真鴇，十分害怕父親。

「真鴇，妳這副德性是怎麼回事？」

那一天，真鴇也被叫到父親的書房，聆聽他嚴厲的訓話。

「妳的成績究竟要爛到什麼時候？至今為了幫妳請家庭教師，妳知道我已經花多少錢了嗎？」

父親絕不會怒聲咆哮，也不會動手動腳。但是，他平淡陳述事實時的口吻，冰冷得好似半點情感也沒有，令真鴇感到非常害怕。

真鴇低下頭，用幾不可聞的音量應道：

「……對不起。」

父親盤起手臂，手指神經質地敲著上臂，詢問真鴇。

「真鴇，妳知道腦袋不聰明的人，最終會有什麼下場嗎？」

突如其來的問題，讓真鴇以最快速度運轉起大腦。

然而不管她怎麼思考，也想不出能讓父親滿意的回答。況且要是不小心說出了錯誤答案，可能反而惹得父親更加生氣。這個可能性讓真鴇更是無法思考，也更加喪失自信。

「……我不知道。」

她縮成一團，老實這麼回答。父親刻意地大嘆口氣，告訴她答案。

「就是淒涼的孤獨與悲慘的死亡。不被任何人所愛，也不被人需要，只能傻傻地任人壓榨與勒索，最終在經歷各種痛苦後死去。我已經親眼見過好幾個人落到這種下場。真鴇，妳也想過那麼悲慘的人生嗎？」

父親說出的殘酷真相，讓真鴇感到眼前一黑。她幾乎快哭了出來，想要抓住救命浮木般地向父親哀求。

「爸、爸爸，你不會拋棄我吧？不會再也不愛我了吧？」

「就是因為不想拋棄妳，我才特別撥出寶貴的時間對妳說這些話。妳如果不想被拋棄，就要更加努力，多用妳的腦子。」

父親沒有肯定也沒有否定，說完這句後就轉過椅子背對真鴇。

明白對話已經結束，真鴇垮下肩膀輕聲回應。

「……是。」

頓時，真鴇心生了前所未有的恐懼與不安。

她本還以為死亡與孤獨跟自己完全無緣，現在卻好像極有可能是自己的未來，讓她恐懼萬分。為了不被父親拋棄，她也覺得該用功讀書才行，但席捲而來的壓力反倒讓她更是看不進教科書上的內容。

再這樣下去不行，否則自己真的會如父親所說，一輩子在孤獨與絕望中度過。

真鴇無比焦慮，到了學校後著急地問同學。

「欸，我問妳，我們是朋友對吧？妳不會因為不需要了就拋棄我吧？」

「咦？淡河同學，妳怎麼突然這麼說……」

劈頭被真鴇這麼一問，班上同學滿臉困惑。

看見她這樣的反應，更是感到不安的真鴇呼吸急促起來，伸手搭住她的肩。

「拜託妳！不要丟下我！我真的會很努力！我能做的什麼都願意做！」

看到真鴇這麼恐慌，那名女同學的嘴角暗暗上揚，接著刻意用奇怪的抑揚頓挫開口說了。

「嗯～但要是沒有任何好處的話……畢竟我也沒那麼閒嘛。」

「怎麼這樣……」

「不過，淡河同學家很有錢吧？妳如果願意分點錢給我，那我就考慮一下。」

其實對方並不是一開始就心懷如此惡質的惡意吧。只是看到同班同學這麼拚命懇求，她才想捉弄一下真鴇而已。真鴇當時若能和正常人一樣思考，多半也會發現對方只是在開玩笑。

然而，對於陷入恐慌的真鴇來說，這句話無疑是救命的繩索。

「分給妳錢嗎……嗯，我知道了！」

真鴇笑著這麼答應後，隔天——

那名女同學接過真鴇遞出的信封，看見內容物後一臉驚愕。然後她警戒著四周，壓低音量問：

「淡、淡河同學，這樣真的好嗎？給我這麼多錢……」

「當然可以啊！所以請妳繼續和我當朋友吧！有困難的時候要幫助我，別讓我孤單一個人喔！」

真鴇一點也不心疼那些錢。只要對方還願意當自己的朋友，這就足以撫慰真鴇的心靈。

真鴇的零用錢因為遠比一般小學生多，想要的東西都買得起，所以她對錢沒有什麼執著。自從真鴇慷慨地發錢給大家以後，她眨眼間成了班上的人氣王。看到大家那麼開心，真鴇也很高興。

未來可能會孤苦無依的不安也一掃而空，真鴇一百八十度大轉變，個性變得活潑開朗。她甚至深深感謝曾經那般害怕的父親。

某天回家，真鴇偶然在玄關遇見父親。現在看到父親嚴肅的表情，她也不再害怕，反倒笑容滿面地歡迎父親回來。

「啊，爸爸，你回來啦！今天真早呢！」

「嗯，因為工作較早結束……真鴇，妳出去買了什麼嗎？」

父親看向真鴇手上的購物袋，臉上流露一絲納悶。

真鴇把手伸進袋子裡，拿出買來的東西。

「我買了信封喔！看，很可愛吧？」

那是一看就像是國小女生會使用的，有著卡通人物圖案的信封。

父親更是用力皺眉，接著問道：

「妳買信封做什麼？要寫信嗎？」

倘若真鵈再機靈一點，或許就能僥倖敷衍過關。偏偏當時的真鵈正迫不及待地想告訴父親，自己交到了朋友。

趁著父親提起這個話題，真鵈興奮得不小心說溜了嘴。

「爸爸，我跟你說喔。我現在會在學校給班上的同學朋友費！只是給了她們錢而已，大家就跟我當好朋友——」

啪！的一聲，真鵈一開始還不明白這是什麼聲音。

當她狼狽地跌坐在地後，她才意識到這是自己被摑了一掌的聲音。

由於太過出乎預料，真鵈發不出任何聲音來。父親露出了她平生首次見到的表情，面目凶惡地瞪著她。

「真鵈，妳在想什麼？」

從父親的語氣與表情，真鵈一點也感覺不出他是在關心自己。

不明白父親為何這麼問，還動手打人，真鴇眨了眨眼睛。

「咦……爸爸，為什麼……」

其實，真鴇一直暗暗期待著父親會稱讚自己。她還以為靠著自己想到的辦法與行動，成功交到朋友以後，能得到父親的表揚。但同時她也有些死心看開，覺得父親大概只會冷冷地說：能夠想到這種辦法也很正常。

然而，此刻父親對真鴇流露出的情感，既非讚賞也不是漠不關心。而是真鴇頭一次看見的，而且無庸置疑的，震怒。

「妳為什麼這麼做？我給妳錢，不是為了讓妳用來做這種事情。」

聽到父親始終只說他想說的話，真鴇內心有什麼燃燒起來。這也是真鴇生平頭一次產生憤怒的情感。

「……為什麼？爸爸不也給了自己的員工和我的家庭教師很多錢嗎！」

真鴇用盡全力大聲反駁，父親卻眉頭也不皺一下地回道：

「兩者不能混為一談。我會給他們錢，是因為這些人在為我做事，能為我帶來好處。妳給錢的那些人，又能為妳做什麼？」

「我很開心啊！她們會陪我一起玩，還不斷向我道謝，我過得很開心！大家可以讓我覺得『很開心』！」

真鴇失去理智地哭喊。父親將手放在她的肩膀上，看著她的眼睛說了。

「真鴇，妳清醒一點。妳給錢的那些人，根本沒有把妳當朋友。他們只是在利用妳，把妳當方便的搖錢樹。就是為了不發生這種事，我才一直耳提面命，要妳用功讀書。妳別被一時的情感迷惑了。再這樣下去，妳將來一定會後悔。」

真鴇已經很久沒有這麼近距離與父親交談了。但是，此刻真鴇的心已經千瘡百孔，無法坦率地聽進父親的苦勸。

「爸爸你又知道了！就算她們是因為我的錢，但我們說不定也可以發展成真正的朋友啊！」

真鴇才不在乎父親說的對不對。期待落空後，難以抑制激動情緒的她只想否定父親說的一切。

似乎是明白到真鴇此刻聽不進去，父親發出嘆息，鬆開了手。

「既然妳這麼認為，我以後不會再給妳零用錢了。等妳親身體會自己有多麼愚蠢，就會明白我說的才是對的。」

「隨便你！我最討厭爸爸了！」

真鴇丟下這句話後，逃也似地跑走。那天她連澡也沒洗，在被窩裡哭了一整晚。

隔天，父親表現得一如往常，彷彿完全沒把昨天的事放在心上。

但真鴇不一樣。她非常認真地打算一輩子不跟父親說話，還心想如果可以的話，真想立刻離開這個家。

真鴇有信心，她的朋友會永遠站在自己這一邊，況且她們也常說，有困難的時候會伸出援手。所以，在真鴇感到煩惱的時候，她們怎麼可能不幫自己呢。

某天，與真鴇最要好的班上同學跑來問她：

「淡河同學，這週的朋友費呢？」

這還是對方第一次主動開口向她要錢。

真鴇感到有些歉疚，但還是雙手合十，低下頭去。

「對、對不起喔。我最近錢有些不夠用……以後可能沒辦法再像之前那樣給大家錢了。」

聽到回答，瞬間那個女同學的表情變得非常冰冷。

「哦……這樣啊。」

她的話聲也判若兩人地驟然變得低沉。

真鴇一時感到畏縮，邊觀察對方的臉色，邊膽顫心驚問道：

「……那個，我們是朋友吧？妳不會因為我不給錢，我們就不再是朋友了吧？妳不是說過，不會拋下我嗎？」

被真鴇這麼一問，對方似乎恍然回神，露出滿面笑容回道：

「當然啊！淡河同學是我最好的朋友！」

聞言，真鴇感到如釋重負。雖然剛才的態度確實讓她十分在意，但她相信那一定只是錯覺，所以沒再多想。

後來即便真鴇不再發錢，班上同學仍與她友好往來。倘若她不曾發過錢，一定無法變成像現在這樣吧。真鴇產生了信心，認為自己的想法才是對的，還在心裡將沒有識人之明的父親貶得一文不值。

然而，從某一天開始，情況忽然大幅改變。

「那個，我今天忘了帶教科書，可以讓我一起看嗎……？」

「不要，是妳自己要忘記帶的吧。」

「那個，我這裡不懂……」

「妳去問老師，我很忙。」

先前總是跟在真鴇身邊的班上同學們，彷彿彼此說好了一樣，一致對她非常冷漠。不管真鴇多麼客氣有禮，她們始終笑也不笑，只是一臉厭煩。

真鴇也不是毫無頭緒。只不過，單純的她一時還無法相信。明明曾經口口聲聲地說是自己「最要好的朋友」，卻只因為不再給錢，就捨棄了她那般相信的友誼。

真鴇不想去懷疑人。但要繼續相信下去，也讓她感到害怕。

某天，真鴇帶了錄音筆到學校，放進自己桌子的抽屜裡後，便裝病請了假。她想知道自己不在的時候，那些女同學會如何談論自己。然後隔天真鴇收回錄音筆，轉到休息時間的錄音，按下重新播放鍵。

就算她們討厭真鴇，昨天也不一定會剛好在教室裡說出真心話。但是，真鴇打算錄這一次就好。按下重新播放鍵時，她緊張得心臟幾乎要跳出胸口。同樣的事情，真鴇沒有勇氣再做第二、第三次。

如果這次錄音沒能得到證據，那麼不管真相如何，她決定不再懷疑大家。

然而真鴇這般微小的盼望，卻快到可笑地一下子被粉碎。

『我還以為她只是在測試我們，看來是真的不行了呢。』

『哎，反正也差不多了吧？額外獎勵關卡結束囉。』

『虧我們還好心當她的朋友。她就只是個成天愛幻想、除了撒錢以外沒有其他才能的人而已，還以為自己有多了不起呢。』

『欸，對了，淡河同學今天一定是裝病吧。就算是不想上課，她也太大牌了吧。』

『我看她乾脆真的得病，就這麼死掉比較好吧。她父母大概也很困擾，居然生出了那麼笨的孩子。』

『死因是什麼？笨蛋病？』

『啊哈哈，淡河同學會哭的啦！』

聽著從錄音筆中傳出的對話，真鴇一時半刻還聽不懂她們在說什麼。

好痛苦。無法呼吸。明明不想再聽了，抖個不停的指尖卻讓她無法按下停止鍵。與此同時，嘲笑著真鴇的話語仍不停傳出。

真鴇感到極度想吐，拿起錄音筆摔向牆壁，衝進廁所。就算把胃裡的東西全吐了出來，她還是止不住地發抖。

用額頭撞向牆壁後，真鴇大聲哭了出來。

父親說的沒錯。誰也沒有把真鴇當成朋友。在她們心中，真鴇不過是方便的搖錢樹，就和提款機沒有兩樣。

待在聽不見任何人聲音的廁所裡，真鴇一直哭到眼淚乾了為止。

然後她抹去淚水，懷抱著一個決心站起來。

自那之後，真鴇就像變了一個人似的埋頭苦讀。

她把所有心力都投注在課業上，甚至到了廢寢忘食的地步。從前的壞成績彷彿只是一場夢，她不斷吸收各種知識，到了六年級第二學期開學的時候，已經連高中的升學考試範圍都唸得滾瓜爛熟。但真鴇仍不滿足，鞭策比別人要晚開始的自己，繼續勤勉讀書。

自然地，小學六年級的課程標準對真鴇來說，簡直可說無聊至極。她有時甚至會展現出比老師還優秀的機智。然後，看著同齡的孩子們竟為了如此簡單的上課內容抱頭苦惱，比起優越感，真鴇更油然心生厭惡。

——為什麼這麼簡單的問題會解不開？

班上同學在教室裡大聊毫無營養的話題時，真鴇只覺得他們看來就像是動物園裡的猴子。她難以相信他們和自己一樣是人類，想起自己從前還與他們在同個水平上，更覺得是奇恥大辱。

如今的真鴇，一點也不敢想像要與他們建立起對等的朋友關係。

無知是罪，不學無術是惡。就是因為一無所知，才容易被人欺騙；因為不學無術，才被人任意壓榨。然後被奸詐狡猾的小人予取予求，利用他們善良的心地。所以，深知這份屈辱的真鴇，有義務要啟發優秀的人們，導正低下人們的劣根性。

後來真鴇進入雲雀島女子中學就讀，這所學校的學生都優雅且溫柔。但若由真鴇來形容，就是太天真又軟弱了。她們還不知道，有的人會一邊面帶笑容，一邊花言巧語地討好自己，再將自己貶得一無是處。看到學生們毫不了解這種可怕的存在，每天過得無憂無慮，真鴇彷彿看見從前的自己，感到坐立難安。

——不能讓她們經歷和我一樣的痛苦。

真鴇內心熊熊燃燒起了要將大家導向正途的使命感。而包括三年級生在內，校內沒有人比自己還要優秀這一點，更加劇了她近乎是強迫觀念的正義感。

她讓成績優秀的學生擔任學生會成員與各班班長，每次召開例會便宣揚自己的理念。待在密閉空間裡，聽著學生會長的演說，純真的少女們一下子就被擄獲，馬上贊同真鴇訂下的規定，並且落實施行。啟蒙活動進行得非常順利，真鴇也沉浸在自己無所不能的快感中。

由於太過習慣大家全面肯定自己，真鴇更是怒火中燒。明明父母只是開蛋糕店的，自己也不具有出色的才能，一個平凡的女學生竟然沉浸在「朋友」這種幻想中，不自量力地反抗自己。

必須讓她親身體會到才行。讓她知道朋友這種存在多麼沒有意義，以及真鴇的理念有多麼正確而且具有價值。

「戶張同學，我覺得這所學校還不夠完美呢。」

真鴇也知道，與自己同班的戶張柊子和隔壁班的霧島夏海是好朋友。

至今她幾乎不曾與柊子說過話，但她裝作若無其事，一本正經地與柊子攀談。

「雖然有些難以啟齒，但學校裡頭能與我對等交談的學生，實在是不多呢……可是，戶張同學是真的很優秀。我覺得自己一定能跟妳成為真正的朋友。」

柊子毫不懷疑真鴇笑容背後的心思，天真爛漫地笑著應道：

「謝謝妳！聽到淡河同學這麼說，我也很高興。」

由於事情進展得太過順利，真鴇甚至感到想笑，嘴角揚起冷酷的微笑。

自那之後，真鴇說著好聽的話語，扮演朋友的角色，成功得知了柊子的父親在「淡河 SYSTEMS」的相關企業上班，也問出了她與夏海有哪些回憶。

可以利用，真鴇心想。於是她告訴柊子，自己也想看看那幅《冬天盛開的花》，一起去看過、掌握了所在位置後，她再冒充成作畫者「赤月緣」的親人領走那幅畫。

到了這一步，真鴇就沒有必要再陪柊子玩朋友遊戲。

「戶張同學，妳不需要有罪惡感喔。妳應該沒有忘記，霧島同學對我說過什麼吧？只要稍微動腦想想，就能知道我與霧島同學，和哪個人當朋友對妳來說更有好處。」

「可、可是，這種事我實在……」

「這也是為了妳好喔。那種成績不好的學生，根本不配和戶張同學當朋友。再說了……如果妳堅持為霧島同學說話，我就沒辦法和妳當朋友了呢。這樣一來，妳在我們子公司上班的父親，我可就不曉得他會遇到什麼事情。」

柊子等於沒有選擇的餘地。於是，柊子照著真鴇的指示背叛夏海，只見夏海一臉絕望地跪坐在地。

看著茫然失神的夏海，與抽噎啜泣的柊子，真鴇陶醉不已。

由於那個瞬間的感受邪惡得太過美好。

——咦？

即便是浮上自己心頭的疑惑，真鴇也毫不留情地將其粉碎。

——我到底是為了什麼在做這種事情呢？

❄

一晃眼，來到了聖誕派對當天。

下午四點，學生們穿著制服相繼出現，聚集在四樓廣闊的多功能教室裡。教室裡頭有一整排我們準備的飲料與食物。

除了果汁與拉炮，還有沙拉、三明治、壽司、炸雞與蛋糕等等。費用從參加費支出，不夠的再由我自掏腰包補上。

我發現有不少學生的雙眼都閃閃發亮。雖然現場只是超市的家常菜和點心，但能在熟悉的校舍裡與班上同學一起享用，心裡不僅僅只有在參加派對的新鮮感吧。

我放眼環顧派對的情況，一名女學生向我搭話。

「戶張同學，這一位是誰？」

她看向站在我身旁的柊子，這麼問我。

雖說她才是真正的柊子，但目前仍是赤月緣的外表。在只有學生參加的派對上，卻有個明顯是校外人士的大人在，也難怪引來好奇。

我轉頭與柊子交換了眼神後，盡可能自然地回答：

「啊，她是我的……表姊。她叫赤月緣。今天來幫忙布置會場。」

「這樣啊～妳好，今天請多指教……啊。」

女學生忽然閉上嘴巴。

原因十分明顯，因為淡河真鴇正往我這邊走來。學生們明顯很在意真鴇的出現，找我說話的那名女學生也快步走開。

我無視大家形成的不成文默契，語氣輕快地叫住真鴇。

「啊，淡河同學。妳玩得還開心嗎？」

「一點也不。」

真鴇的回答非常冷漠，聲量還大到像要刻意讓其他學生聽見。只見她將頭髮撥到身後，輕蔑地瞥了一眼桌上的各種食物。

「因為我在家裡，可以吃到比這些好上不知多少倍的美食。看妳說得那麼好聽，我還以為場面會有多盛大，原來只是認清了身分地位的差異嘛。」

真鴇說話句句帶刺，但這也代表她正漸漸無法保持理智。因為這種可能招致無謂反感的發言，會為真鴇帶來風險。

她接著揮揮兩手，語帶挑釁地問：

「比起這種寒酸的晚餐，我更想快點欣賞妳所謂在冬天盛開的花呢。妳該不會其實是信口開河，只是想吸引大家的目光而已吧？」

柊子與夏海一臉緊張地往我看來。

我刻意用誇張的動作回應真鴇，以插科打諢的語氣說了。

「淡河同學，妳還真是性急呢～妳不用擔心，只要時候到了，花一定會盛開。我可沒有騙人喔。」

「戶張同學，妳真的明白自己在說什麼嗎？」

似乎是對我吊兒郎當的態度感到火大，真鴇用力跺了下腳。

察覺到兩人之間非比尋常的氣氛，附近的幾名學生轉頭看向我們。

「妳真的以為我完全沒發現嗎？只要不擇手段，確實是能找到辦法。但是，妳那麼做又能怎麼樣？有限的資源，就應該全部消耗在有效率的產能上。妳就算真的讓花在冬天盛開，又有什麼意義呢？」

柊子與夏海都屏著呼吸注視我。真鴇這番話明白地流露出對我的敵意。

但是，與她對峙的我一點也不害怕。聽在此刻的我耳裡，她所說的話反而帶有著淡淡的哀戚。

「淡河同學，妳是從什麼時候開始的呢？」

我簡短這麼問道，真鴇納悶皺眉。

「……妳這麼突然是在問什麼？」

我筆直望向真鴇的雙眼。

在她眼裡，有著我在踏進社會後，至今在許多人眼底見過的絕望黑影。

「與淡河同學對話的時候，妳總是三句不離意義、效率，還有『應該這麼做』這些話。可是，我完全不曉得淡河同學『想做什麼』。淡河同學，妳自己又想做什麼呢？喜歡什麼，擅長什麼，將來想成為怎樣的大人？」

「請別轉移話題。提問的人是我。」

真鴇皺起臉龐，對照下我露出笑容擺擺手。

「那等妳以後再告訴我吧。我們為什麼要讓『冬天盛開的花』成真，相信淡河同學看了以後，一定也能明白其意義。」

然後我沒有再回話，走向其他學生打招呼。

經過真鴒身旁時，她以只有我能聽見的音量小聲說了。

「前提是看得到的話喔，戶張同學。」

後來派對進行得十分順利，現場氣氛也很融洽。大概是因為真鴒在場，大家都有些集中在某一區，舉止也沒那麼自然，但我接下來才要投下震撼彈。

我瞄向時鐘，察看外頭的天色。時間是下午四點半。現在是日照時間短暫的十二月，所以屋外已經相當漆黑。

我大力吸一口氣，朗聲宣告：

「讓大家久等了！接下來就是大家引頸期盼的壓軸活動，『冬天盛開的花』！請各位小姐跟著我移動吧！」

然後，我帶著學生們前往校舍出入口。

由於玻璃大門貼上了黑色紙張，室內相當昏暗。透過現場鬧哄哄的氣氛，感覺得出身後的學生們越來越期待。

我與夏海一起握住門把，用鄭重的語氣接著說了。

「大家一定在想：『哪有花會在冬天盛開啊，妳在說什麼？』對吧？但不管什麼事情，有心就能辦到。為了證明這件事，我們對學校施加了效果只有一天的魔法！」

昏暗中，可以清楚看見學生們的眼中都閃耀著期待光芒。

然後我舉起拳頭，充滿活力地帶領大家。

「那麼現在，距離我們的魔法生效只剩下幾秒鐘！請大家一起倒數吧！」

我從十開始倒數，但大家起初似乎都十分困惑。

夏海跟著倒數後，又有幾個人加入，最後倒數的聲浪大到能夠傳遍整間學校。

——四。

——三、

瞬間，我看見淡河真鴇勾起嘴角。

但是，已經變作巨大聲浪的倒數聲無法停止。

——二！

——一！

——〇！

倒數結束後，我與夏海同時打開大門。

然後，我與夏海一起踏進屋外的冷空氣與昏暗裡。其他學生也滿臉期待，跟在我們後頭走出來。

然而少女們充滿期待的表情很快消失，大家紛紛納悶地皺起眉。

在太陽已經落下的校園裡，眼前只能看見一片抹上淡墨般的景色，然後是無聲到令人心驚的靜寂。

等了整整十秒鐘，眼看什麼事情也沒發生，淡河真鴇立刻開炮。

「……那麼，妳說的冬天盛開的花在哪裡？」

我與夏海不發一語，只是與學生們隔著一段距離，靜靜立在原地。

似乎是再也受不了我的沉默，另一名學生咄咄逼人地說：

「根本沒看到花啊！妳騙人！」

「妳們兩個剛才還說得天花亂墜，該不會一直在騙我們吧？」

聽聲音是真鴇的跟班。這些台詞多半也是和真鴇串通好的吧。

聽到兩人這麼說，所有學生霎時鼓譟起來。

「咦～搞什麼，感覺被狠狠擺了一道耶。」

「不過，本來就不可能有花在冬天盛開嘛……」

「而且好冷喔……我可以回去了嗎……？」

「唉～早知道會這樣我就不來了。」

聽見眾人的抱怨，真鴇滿意地放聲大笑。
「……呵呵，啊哈哈！」
接著她趾高氣揚地走到我面前，轉向眾人說了。
「各位，這下子妳們明白了吧？這就是她們慣用的伎倆。說些不可能實現的事情來引起大家的注意，自以為成了人氣王，為此沾沾自喜……我都忍不住同情她們了呢。原來沒錢的人一旦得寸進尺，竟會變得如此低俗。」
說完自己想說的話後，真鴇拍向掌心，總結說道：
「好了，她們不過就是《狼來了》裡的牧羊少女，沒有必要再理會兩人的鬧劇。以後只要是戶張同學與霧島同學說的話，根本不值得聽——」
咻——
無預警地，劃破空氣的聲響打斷真鴇。
真鴇抬起臉龐，發現所有學生都看著自己。不對，說得更準確一點，是越過自己的頭頂看向後方。
真鴇猛然回頭，凝視聲音的出處。
一道白光向著漆黑冷峭的冬季夜空飛去，然後——

偌大的金色花朵在夜空中綻放。

砰！

讓身體為之一震的巨響慢了半拍傳來，學生們跟著重新恢復動彈。

「煙火？」

「騙人，現在明明是冬天耶？」

學生們剛發出驚訝大叫，劃破空氣的尖銳聲響再度接連響起。橙色、桃色、水藍色、黃綠色……大大小小五顏六色的煙火相繼升空，照亮黑夜。

我得意洋洋地對一臉不敢置信的真鴇說了。

「怎麼樣？這就是淡河同學也引頸期盼著的，冬天盛開的花喔。」

其實我在租借裝飾燈的同時，也透過公司尋找管道，安排了高空煙火。由於時間所剩不多，再加上要在冬天這個季節準備煙火也不是一件易事，幸好我因為工作的關係曾在活動上安排過煙火，所以知道要向所在地的消防局提交「專業煙火施放申請書」，也知道申請書的規定與格式。施放地點的申請與必要資料的填寫等等，這些瑣事就由我一手包辦，因此儘管時間真的很趕，最終還是如願成功施放。

而校內的裝飾燈，只是為了不讓真鴇發現高空煙火的障眼法。就連我選擇星期五傍晚裝設燈飾，而不是前一天的星期六，也是故意的。因為我猜真鴇一定會來破壞燈飾，甚至是暗中引導她這麼做。

一旦有了錯誤的認知，人就很難從中跳出。我就是期待著，能藉此讓真鴇發現「自己錯了」、「竟然被自己瞧不起的人反將一軍」，進而動搖她已經扭曲的自尊心。

事情究竟能順利進行到哪個地步，都是未知數。但是看這樣子，至少我已經成功地反將真鴇一軍。

「戶張同學，妳……！」

就在真鴇要對我發火的時候——

無論校舍內還是校舍外，整所學校的燈光悉數暗下。

在伸手不見五指的黑暗中，只剩煙火與星星帶來光芒。面對這種突發狀況，學生們眼看就要陷入恐慌。

「這、這次又怎麼了？」

彷彿在回應這句問話般，新的亮光布滿校園。

亮光的真面目——就是校園裡林木上的發光花朵。

所有燈飾綻著璀燦耀眼的光芒，將我們團團包圍。在燈光悉數暗下的現在，那些發光的花朵美得令人屏息。

學生們都興奮得吐出白色氣息，忍不住發出歡呼。在這當中，真鴇只能愣然地杵在原地。

「怎……怎麼可能，我們明明把燈飾……！」

「淡河同學，果然是妳們破壞了燈飾呢。」

真鴇喃喃自語地提出疑惑時，夏海開口回答。

正當所有人都注視著盛放的光花，夏海露出帶有批判意味的眼光，瞪著往自己轉過身來的真鴇。

「我和柊子昨天偷偷跑進學校，重新把銅線都接回去了。因為我們在猜，淡河同學為了讓我們丟臉，很可能會事先動點手腳。」

真鴇的嘴角顫抖，像是有話想說，但她還是極力從夏海身上別開目光，瞇起眼看向眼前的光景。

我用眼角餘光覷著夏海與真鴇兩人，一臉驚愕地詢問柊子。

「……真是嚇了我一跳。妳們兩個居然還跑回來檢查嗎？」

掛設裝飾燈時，我就告訴了兩人煙火這件事。但是，我並沒有特別提及真鴇有可能來搞破壞。因為我覺得若看到我們三人都很認真在架設燈飾，一定能讓真鴇對這個障眼法更堅信不移。

柊子搔搔臉頰，神情羞赧地說：

「嗯，也當作是我跟夏海和好的證據嘛。而且老是所有事情都麻煩緣小姐，也太沒出息了。」

看到一臉高興的柊子，我也綻開笑容。

這無庸置疑是柊子依著自己的意志，所展現出的屬於她的實力。

「太好了……！柊子，這下子真的不用再擔心了呢！」

超出期待的成果，讓我不禁興奮得提高音量。

然而，柊子洋溢著成就感的臉龐上，卻也透著些許畏縮。

「是的……可是，我果然還是覺得，我們的靈魂不應該換回來。」

「……咦？」

太意外了。都到這種時候了，我不敢相信柊子仍想尋死。

柊子低頭看著腳邊，訥訥地說：

「我現在並不會一心想尋死了。可是，到頭來我如果沒有緣小姐幫忙，根本什麼也做不到。如果不是緣小姐幫忙調解，我也沒辦法跟夏海和好。煙火更是用不著說，就連這些在冬天盛開的光之花朵，也是如果沒有緣小姐，我肯定一輩子也想不出來。」

柊子側眼看著升空的煙火，緊緊握拳。

「我真的沒有信心，能比緣小姐活出更精彩的人生。」

眼前這些「冬天盛開的花」，呈現出來的結果恐怕比柊子想像中的還要美好吧。但諷刺的是，「比想像還要美好」這一點，反而讓柊子喪失信心。

與此同時，我也明白到了。若要讓兩人變回來，最後需要的碎片是什麼。

「……柊子，妳稍微彎下來。」

我比了比手勢，要柊子彎腰。

柊子大概以為我要說悄悄話，低下頭來與我四目交接。趁這時候——

「嘿！」

「好痛？」

我掄起手刀敲向柊子的腦門。

其實我沒有真的使力，但猝不及防的柊子還是嚇了好一大跳，用兩手按著腦袋向我抗議。

「妳怎麼突然打人？」

「抱歉，因為妳頭的位置剛好很適合敲一下。」

「不是緣小姐叫我彎腰的嗎！」

看著含淚抗議的柊子，我忍俊不住地噗哧出聲。

雖然外表是大人，但內在果然還只是中學生。

「柊子，我的人生啊，只屬於我一個人喔。別說是柊子了，誰都沒有辦法代替我，活出比我更精彩的人生。」

當然，我也不覺得自己能代替柊子，活出比她更精彩的人生，更沒有那種打算。我一臉正色，直直望進柊子的雙眼。

「搶走小孩子的身體，重新開啟第二人生，這是壞蛋才會做的事情喔。柊子想把我變成壞人嗎？」

「咦？不是的，我不是這個意思……」

似乎是被我的氣勢嚇到，柊子支吾其辭。

我把手背在身後，在吐出白色氣息的同時說了。

「柊子，我啊，雖然老說自己每天都過得很開心，就算明天死了也沒關係，但其實並不是這樣。我也有一個遺憾。」

這陣子一直把注意力放在柊子、夏海與真鴇身上，所以我徹底忘記了。身為靈魂與人互換的另一個當事人，我自己還沒能做到的事情。

我將那件事，告訴眼前重要的人。

「我啊，想在死去之前，將自己的希望託付給另一個人。」

這還是我第一次化作言語說出來，感覺真奇妙。整個人好像變得毫無防備，讓我感到非常難為情。但是，並不討厭。

在對話停頓下來的空檔，一道偌大的煙火在夜空中盛開，照亮了柊子還帶著天真稚氣的表情。

「緣小姐的、希望嗎……？」

「只是很普通的請求啦。但對於結婚和懷孕生子都不敢奢望的我來說，是件很特別的事情。」

我搔搔頭，難為情地笑了笑。一本正經地說話果然不符合我的個性。但是，我非說不可。

「這世上也有很多討厭的事情喔。但是，我們這些大人，就等同是妳們未來長大後的模樣。要是成天只會臭著臉不停抱怨，不僅讓人跟著心情不好，也不會想倚賴這樣的大人，更不會產生自己也想努力活下去的念頭吧？為了人生還很長的孩子們，我想當一個能讓他們覺得，活著是一件很快樂的事的大人……這就是我的希望。」

大多數人，都覺得日常生活中發生的各種不幸與自己無關。但是，我認為不是這樣。有時一個小小的動作，就有可能讓某個人的希望破滅；而一句不經意的話語，也有可能拯救某個人。這些微小片段的累積，構成了每個人的人生。

活在這世上的所有人，都與彼此有關，也都是當事者。

——我明明為了柊子這麼努力，妳為什麼就是不明白？

這時浮現在我腦海中的，是自己先前對柊子說過的話。

「其實啊，我也必須向柊子道歉。因為我曾經高高在上地說：『我明明為了妳這麼努力。』這就和我討厭的大人以及淡河同學一樣，都是在強迫對方接受……所以，現在我不是以比妳年長的大人，而是以『赤月緣』的身分，把自己當成與妳對等的朋友，希望妳能傾聽我的請求。」

我把手放在柊子的肩膀上，筆直注視她的雙眼，渴望能傳進她的內心深處。

「我想請妳收下我的希望，然後未來有一天，再託付給對妳來說很重要的另一個人。雖然這件事好像有點沉重，但妳只要偶爾回想起來就好了。」

這也是我的告白，代表柊子在我心裡是很重要的人。

同時也是我的聲援，由衷祈望她的未來能夠絢爛美好。

聽了我的請求，柊子好一會兒茫然失神。

一片白色結晶緩緩地飄進我與柊子之間。

純白的雪花與光之花朵在眼中重疊，然後淚水滾下柊子的臉頰。

「把……把希望託付給我這種人，真的好嗎……？」

柊子用手背抹去淚水，以帶有哭腔的聲音問道。我輕輕將她抱在懷裡。

柊子的身體不停顫抖著，明明她應該比我還要高大，此刻我卻覺得非常嬌小。

「怎麼會呢，我就是想託付給柊子喔。看到這些燈飾，我嚇了一跳呢。妳已經不再是一昧需要別人保護的人，現在還變得比我更優秀，可以肩負起希望了。」

我並不想哭的，卻忽然發現眼前一片模糊。但是，我很快就明白了是為什麼。

會覺得柊子抱起來很嬌小，原來不是我的錯覺。在我反應過來時，自己正由上往下俯瞰著這陣子來已經十分熟悉的小腦袋瓜。

而這幾週來，已在鏡中見過無數次的戶張柊子，則仰頭看著我。

——啊啊……原來是這樣。

柊子的雙眼會這般明亮如星，肯定不只是因為「冬天盛開的花」。

——並不是結束了。而是接下來，終於才要開始。

我與柊子變回來了——明白到這件事的瞬間，淚水撲簌簌地滾落下來。雖然這已經是我第二次在中學生面前哭，但這次哭的原因，正好與第一次相反。

回抱柊子嬌小的身軀，我對她輕聲耳語。

「會有不安與擔憂，都是正常的喔。凡事無法盡善盡美，也是理所當然。因為在這僅只一次的人生中，我們每個人都是初學者啊。」

「緣小姐……謝謝妳……！」

在繽紛盛開的光之花朵下，我緊抱著柊子，溫柔地輕拍她的背。

柊子把臉埋在我的胸前，她所落下的淚水，令我感到非常溫暖。

看著點綴黑夜的光之花朵，淡河真鴇並沒有恍神太久的時間。她手扠著腰，仰頭看向煙火，心煩地揮開從天而降的雪花。

「哼！這種花錢做出來的騙小孩子把戲，一點意義也沒有。」

真鴇刻意大聲地惡毒批評，擺出大幅度的動作向學生們尋求同意。

「各位，想必妳們也這麼覺得吧！下雪天被帶到這裡來，結果她們那麼裝模作樣，給我們看的卻是如此無聊的東西——」

然而，沒有半個人在聽真鴇說話。

所有人都入迷地注視著夜空中的煙火，以及地面上的燈彩，掛在臉上的也遠遠不是真鴇心中期待的傻眼與失望。

「好厲害喔！我第一次在下雪天看煙火！」

「是因為空氣很乾淨嗎？感覺比夏天看到的煙火還要漂亮！」

「哇～學校裡面的燈飾，跟車站那邊的氣氛又不一樣呢。」

「好像闖進了遊戲或電影裡的世界一樣，應該能成為很棒的靈感喔。」

參加派對的所有學生，都對彼此說著符合這個年紀的感想。可能因為現場昏暗的關係，大家好像也不太在意自己是在跟誰說話。此時此刻，學生之間再也沒有半點對立的樣子。

真鴇只能像個局外人地看著她們這副模樣。

「怎麼回事……？煙火不是每年夏天都看得到嗎……！」

真鴇狠狠咬牙，隨即發現連跟班也正離開自己身邊。環顧左右，她發現她們的雙眸裡也倒映著那些光之藝術。

「怎麼搞的！不要連妳們也看得出神！」

真鴇立即喝斥，然而兩人卻有些紅了眼眶，回道：

「因為……我自己也不曉得，反正就是好感動……」

「我第一次看到這種景色。這裡居然是我們平常上課的地方，好像在作夢喔。」

「別說蠢話了！只要我有心，我可以打造出比現在這樣還要豪華好幾倍的景色來！」

真鴇抬腳跺地，氣呼呼地怒吼。這時，有人在她身後開口。

「淡河同學說的沒錯喔。如果有淡河同學那樣的能力，一定可以打造出比現在更美麗的景色吧。」

說話的是戶張柊子。霧島夏海也站在她身邊。

柊子眼底透著堅定的意志，與真鴇面對面，然後她再次張口說了。

「但是，正因為實現的人是我們，這幅景象才有意義。這些冬天盛開的花朵，並不只是美麗而已，也不單純只是花了錢。裡頭還包含了我與夏海至今建立的友情，還有從今以後要遵守的誓言。」

柊子不斷吐出白色氣息，身體沒有絲毫顫抖。整個人意志堅定，彷彿足以抵擋雪花的寒冷，也足以消除對真鴇的恐懼。

真鴇雖然用力皺眉，但沒有從柊子面前走開。因為要是轉身離開現場，就代表她承認自己輸了。真鴇的自尊心絕不允許她這麼做。

然後，儘管煙火升空的咻咻聲響不曾間斷，柊子還是以絕不會讓人聽錯的堅定語氣，毅然宣告：

「面對淡河同學的惡意，我確實曾一度屈服。但是，我絕不會再捨棄自己與夏海的友情了。我向妳所看不起的、試圖破壞的這些花發誓。」

「……我不說話，妳就把我當病貓呢。戶張同學，妳別得寸進尺了。」

真鴇惱怒地將頭髮撥到身後，散發出充滿威嚇的氣勢。

雖然確實將了她一軍，但真鴇仍保有從容。

「不要因為這點東西就得意洋洋。無聊死了。什麼冬天盛開的花啊，不過就是廉價的燈串跟冬天找來的煙火而已。這種三流的文字遊戲該適可而止了吧。」

真鴇的語氣冰冷至極，依然在輕視柊子與夏海。

開口回答真鴇的換作夏海。

「沒錯，這些並不是真正的花。淡河同學說的對，說穿了我們只是在玩文字遊戲……但是，淡河同學自己應該最明白，這些冬天盛開的花具有什麼意義吧。」

眼見夏海毫不退讓，真鴇像被震懾住了般瞇起眼睛。

夏海的表情一點也不像在隨口亂說。

「妳在說什麼……」

「我想……如果是在其他學校，大家看到這幅景象大概不會這麼感動吧。但是，淡河同學，妳曾經說過吧。『為了我們自己著想，應該與符合身分的人往來』。為此妳當上了學生會長，訂下各種校規來控制我們。可是，這就是答案。其實有這麼多學生根本不在乎身分與成績，只想像現在這樣一起開心玩耍喔。」

真鴇咬住嘴唇，臉龐扭曲。其實真鴇也隱約察覺到了，所以才拚了命想阻止，並主張這不過是場鬧劇。但是，一切已經來不及了。

真鴇曾支配過的學生們，如今正違背真鴇的理念，對柊子與夏海產生共鳴。她們既不是被威脅，也沒有衡量過利弊得失，最主要的原因反而正是真鴇的言行。

這也就意味著，這無疑是「淡河真鴇的失策所導致的敗北」。

「在淡河同學為了一己之私控制學生的時候，我們卻用妳瞧不起的『騙小孩子用的冬天盛開的花』，感動了這麼多學生喔！這已是無法動搖的事實！看到這樣的結果，還有誰會認為淡河同學至今的行為是正確的？在妳做的那些事情中，希望又在哪裡？淡河同學，妳回答我啊！」

「吵死了！既然妳們這些下等的人想混在一起，那就隨妳們高興吧！愛看煙火、愛看燈光，也請妳們自便！我和妳們不一樣，才不需要無能的朋友和這種閃閃發亮的廉價風景！」

真鴇怒氣沖沖，轉身就要離開。任誰都看得出來，這裡並沒有屬於真鴇的位置。

但柊子一句沉穩的話語，讓真鴇停下腳步。

「淡河同學，謝謝妳。」

不只真鴇，夏海與緣也不敢相信自己的耳朵。

真鴇也一臉呆愣地注視柊子。

「………啊？」

柊子的表情完全沒有挑釁的意味在，似乎是打從心底在感謝真鴇。

在徐緩飄落的雪花中，柊子只是面帶柔和微笑，真鴇第一次對她心生畏懼。

「如果不是妳行使學生會長的權限，申請到校園的使用許可，還把大家都邀請過來，這次的派對一定不會這麼成功吧。可以讓全校學生都看到冬天盛開的花，我真的非常高興。幸好有淡河同學幫忙。」

「咦？不……那是，那個……」

太過出乎意料的發言，讓真鴇不知所措。柊子自己明明也知道，真鴇是為了讓她和夏海丟臉，才幫忙安排這一切。

柊子毫不畏縮地走向啞然失聲的真鴇。

「淡河同學，雖然妳說自己不需要朋友，但妳之前曾對我說『想要結交對等的朋友』，這句話其實是真心話吧？」

「妳、妳在胡說什麼——」

對照之下，真鴇彷彿對柊子感到恐懼般地退了半步。

儘管真鴇凶巴巴地皺起臉龐，柊子仍筆直伸出手去，說了：

「就算是從現在開始，我也覺得自己一定能與淡河同學當對等的朋友喔。」

真鴇像是無法理解對方伸出手來的意思，呆在原地動彈不得。

柊子默默等著。就算她的手毫無防備地暴露在冰冷白雪中，她仍是筆直往前伸出，等著真鴇的回應。

最終，真鴇舉起右手伸向柊子——

然後用手背拍開她的手。

「……別說無聊的蠢話了。妳做這種事又有什麼好處。」

說完，真鴇再度背對柊子。向著沒有半個人、陰暗又寒冷的走道，獨自一人邁開步伐。

對著她看來落寞無比的背影，柊子再次面帶微笑說了。

「就算沒有好處，還是能當朋友啊。朋友不就是這樣的存在嗎？」

「————！」

真鴇僅一瞬間停下腳步，柊子發現她的肩膀在微微顫抖。

但是，真鴇終究沒有再開口說些什麼，邁步離開校園。

一直在旁看著兩人的我，上前把手搭在柊子肩上，稱讚她的奮鬥。

「呵呵，柊子真是努力呢。」

柊子漲紅了臉，然後朝我深深低下頭。

「緣小姐，謝謝妳。我想自己已經沒問題了。」

「我也會在這所學校繼續努力看看！有柊子陪我，相信這次一定可以度過難關！」

夏海也站在柊子身旁，興奮地呼出白色吐息，話聲無比雀躍。

作為嶄新的一步，這場了結堪稱完美。柊子與夏海心靈上的成長，也遠遠超出我的預期。

大概是心理作用吧。兩人看來都變得堅強許多，我伸手輕撫她們的臉頰。

「妳們兩個都變堅強了呢……真的，比我還要、優秀……」

可能是精神鬆懈下來的關係，我的雙腳忽然一軟。雖然想要站穩，卻無法如願施力，也無法採取任何保護動作，整個人就這麼倒向冰冷的校園地面。

地面多半是結凍了，直接撞在地上的頭與肩膀都痛得要命。我想馬上起身，頭卻昏沉沉，連話聲也發不出來。臉部還狼狽地沾滿雪花。

「緣小姐？」

柊子立刻跪下來，不斷用手拍我的肩膀。雖然我想說「沒事」，卻連發出聲音的力氣也沒有。歷經倒地的衝擊後，我的身體只是無力癱軟。

很快地，其他學生也注意到這不尋常的情況。夏海發現事態緊急，立刻向其他學生下達指示。

「快叫救護車！還有把教職員室裡的ＡＥＤ（自動體外心臟電擊去顫器）拿來！柊子，我要做心肺復甦術，妳快來幫忙！」

說話的同時，夏海讓我仰躺在地。她正要施行心肺復甦術時，忽然發現柊子的模樣不太對勁，停下雙手。

「柊子？柊子，妳振作一點！」

柊子癱坐在地，雙手抱頭。她的臉色慘白，雙眼迷茫地看著我。

「都是……都是我不好，都怪我沒有好好吃藥……！」

至於我這個當事人，儘管身處在這種情況下，卻感到如釋重負。

想做的事情我都做了，想說的話也都說了。而且，還因此促成了我最想看見的結果。

如此一來，我再也沒有遺憾。

——太好了……幸好在到達極限前趕上……

在逐漸變得深沉的銀白世界裡，我心滿意足地綻放笑容——任由意識遠去。

第七章

最終看見的景色

想不到死後的世界這麼無聊，我心想道。

因為，始終是一片漆黑。我完全無從知曉現在是白天還是晚上，所在地方是地面還是半空中，自己是睡著還是醒著。就只有一種難以形容的飄浮感，彷彿永無止盡地飄盪在沒有海流的深海裡。

忽然間，我在黑暗中聽見聲響。

我好久沒聽見聲音了。聲音一直反覆出現，聽起來也像是人的說話聲。看樣子總算有人願意帶我去天堂了。萬一結果是帶我去地獄，雖然遺憾，但至少不會比待在這裡無聊吧。

我試著往聲音傳來的方向前進。感覺像用跑的，也像在游泳。

前進了一會兒後，有道極其細微的亮光灑落而來。亮光盡頭大概就是出口吧。呼喚我的聲音，好像也來自光的另一邊。

回過神時，我已經踩在堅硬的地面上奔跑。睽違已久地感受到活動身體的感覺後，我腳步輕盈地奔向亮光。

就在伸出手，觸及亮光的瞬間，我的世界變作一片雪白——

「緣小姐！」

然後，我清醒過來。

所在的地方不是天堂也不是地獄。仰頭只見潔白的天花板，空氣中還瀰漫著淡淡的消毒藥水味。我正橫躺在同樣也是白色的床鋪上。

眼前是熟悉的病房。

死了的人不會在醫院。也就是說我非常命大的，仍然活在這個世界。

——我這條命還真硬啊。

苦笑的我稍微轉過頭後，發現眼前是兩張熟悉的臉龐。

「太好了，緣小姐醒過來了！」

「啊，妳還不能起來喔！」

兩人的聲音，就和我在黑暗中聽到的一樣。

是戶張柊子與霧島夏海。兩人的外表都比我記憶中的要大一些。穿在身上的制服，也和我之前看過無數次的不一樣。

「……柊子，還有夏海……」

大概是睡了很長時間，我講話不太靈光。我努力讓隱隱作痛的腦袋保持清醒，詢問兩人。

「現在是什麼時候？妳們怎麼在這裡……」

「緣小姐，妳昏迷了整整三年喔！我還以為妳再也不會醒來了，真的好擔心……！」

「我去叫護理師過來！還有醫生！」

我看著夏海急急忙忙地跑出病房，感慨甚深地低語。

「是嘛……妳們已經是高中生了啊……而且依然是好朋友……」

我的胸口一熱，一滴淚滑下眼角。

時間就這麼過去三年，我一點也不覺得可惜。能夠在未來的世界再看一眼兩人，對我來說是最大的幸福了。

雖然不曉得兩人怎麼會在這裡……但假如這是夢，最後能讓我夢到這麼幸福的畫面，我由衷感謝神明。
我不害怕死亡。因為我的希望，已經由柊子與夏海確實接下了。
只要明白這一點，其他的我什麼都不需要。
「真是太好了……可以看到我最喜歡的兩個人這麼活潑健康……這下子，我真的再也沒有遺憾……」
我擠出最後的力氣，對緊握著我的手的柊子這麼訴說。
然後我任由睡意襲來，正要閉上眼睛陷入長眠——
「不行————！！！」
「唔呃！」
遭受到神祕的衝擊，我的睡意突然飛到九霄雲外去。
睜眼一看，原來是柊子焦急地在拚命搖我。
「不行，緣小姐！妳振作一點！保持清醒！」
「唔呃呃呃——」
「柊子，妳冷靜一點！緣小姐真的會沒命的！」
夏海帶著護理師回來後，急忙上前拉開柊子，向我要求道：

「緣小姐，妳還不可以死喔！我們準備了一樣東西，一定要讓妳看過才行！」

「咦、咦咦……？就算妳叫我不能死……」

不知道還有沒有其他人和我一樣，是被人憑著氣勢而強留在這世上的呢？

我一邊想著這種無聊的事情，一邊感到非常困惑。

「緣小姐，妳看！」

「我們找到了！真正的『冬天盛開的花』！」

柊子與夏海伸手拉開窗簾，白色與粉色交織而成的明亮風景倏地映入眼簾，刺眼得讓我瞬間感到暈眩。我眨了幾次眼睛後，漸漸看清細節。

在徹底看清眼前的景象以後，我啞然失聲。

窗外正是兩人說的——在繽紛飛雪中盛開的染井吉野櫻。

由於病房在高樓層的關係，我不禁產生一種錯覺，彷彿自己正身處在櫻花形成的雲霧裡。白雪與櫻花形成了絕妙對比，美得讓人不敢相信這是現實。

不是煙火，也不是裝飾燈，真真正正的「冬天盛開的花」就在眼前。

我從喉嚨發出了破碎話聲。

「……咦……咦……？」

這幅景象簡直像是把我從前畫的那幅畫，原原本本地貼在窗戶上一樣。但論精緻度與帶給人的震撼感，完全是我那幅畫比不上的。

倘若天堂真的存在，大概就是這樣的地方吧——眼前的絕景美麗到了我忍不住產生這種想法。

「騙人……怎麼會……因為以前明明……這是特效嗎？我在作夢？還是那是假的？整人計畫？還是說，我該不會已經死了吧……？」

腦袋太過混亂的我，感覺隨時就要失去意識，柊子與夏海異口同聲朝我反駁。

「都不是！這可是千真萬確的，在冬天盛開的花喔！」

「為了讓緣小姐看見這幅景色，我們兩人一起努力實現的！」

赤月緣在女子中學暈倒後，很快被送到醫院急救，所幸保住一命。

但是，柊子與夏海並沒有開心太久的時間。隨後兩人聽緣的家人說，緣陷入了昏迷狀態，可能再也不會醒來。

兩人悲痛萬分。儘管知道離別總有天會到來，但要接受突然到來的現實並不容易。尤其是先前一直故意不吃藥的柊子，更是深感愧疚。

最先振作起來的人是夏海。

「柊子，我覺得再這樣下去不行。」

放學後，夏海在教室裡抓住柊子的肩膀說。

她眼中有著揮之不去的悲傷，以及比悲傷更強烈的意志。

「緣小姐那樣拚命全力，並不是為了讓我們這麼難過。我們一起加油吧。在緣小姐醒來的時候，我們要能帶著笑容挺胸面對她。」

重要友人發自真心的這番話，打動了柊子。她伸手按住胸口，回想緣的笑臉。

「……是啊。我做的事情已經無法挽回了……但正是因為這樣，不能再讓緣小姐看到我這麼失魂落魄的樣子呢。」

柊子回望夏海的雙眼，用做好覺悟的語氣說了。

「夏海，我想做一件事情。就算妳覺得很蠢，我還是想請妳幫忙。」

「說說看吧。我猜妳在想的事情跟我一樣。」

夏海馬上心領神會地回道，靜靜微笑。

柊子也跟著揚起嘴角，說出她想到的提議。

「我想再一次讓花在冬天盛開。」

寒假剛結束後，兩人前往某所大學，拜訪有生命科學系的理學院。

如果是專門研究植物的教育機關，也許能得到某些線索或幫助。柊子向專門研究植物的專題討論小組預約了會面後，向學生與教授說明情況，並向他們請求協助。

名為「小川」的女學生似乎年紀最大，她在聽完柊子的說明後，不住點頭。

「……情況我們明白了。如果這在我們討論小組的研究範圍內，確實可能幫得上忙吧。」

然而小川抬起頭後，眼中沒有顯露出半分興趣。

「但是不好意思，我們無法答應。因為幫忙這件事又沒有好處。」

雖然已經做好心理準備，但被人斷然拒絕後，兩人內心還是大受衝擊。

在場的其他學生不服氣地噘起嘴唇。

「咦~幫一下有什麼關係嘛。學姊，妳度量也太小了。」

「她們都找到這裡來了，這份決心我倒是很佩服呢。稍微幫幫她們也沒關係嘛。教授，對不對？」

「這所學校的原則是讓學生自己作主。是否要協助她們，全由學生的你們自己決定。」

教授坐在牆邊的折疊椅上如此回答，堅決保持中立。看來這位教授多半不會伸出援手。

小川用食指輕敲桌面，露出像是人生大前輩的眼神打量兩人。

「我們可是付了高額的學費進入這所大學就讀，政府也為學校提供了巨額的補助金，所以我們無時無刻不在認真研究，不敢浪費半點時間。不只是為了讓自己有所成長，也是為了不傷害學校的名譽。妳們莫名其妙就突然跑來，要我們協助妳們的自由研究，我們哪有那種閒工夫。」

小川說的一字一句都讓人無法反駁，柊子與夏海完全不敢作聲。

大概是看到兩個中學生垂頭喪氣，心裡多少有絲同情，小川舉起一隻手揮了揮，接著為她們打氣說：

「不過，妳們敢找到這裡來，確實很有勇氣。只要多找幾間大學，應該會有一間願意協助妳們吧。反正別給自己太大的壓力，妳們加油吧——」

「只要有益處，你們就願意協助我們吧？」

柊子突然打斷小川。就算相差了近十歲，事到如今她也沒有退縮的道理。

柊子站起來，朗聲開始講述。

「冬天盛開的花不光罕見和美麗而已。如果真有植物能在嚴苛的環境下開花、結出果實，想必有助於解決地球暖化與沙漠化，以及糧食短缺等問題。而且不用依賴少數強勢外來種的話，代表生態系依然可以維持平衡。那麼即便是在資源匱乏、氣候不穩定的地區，說不定也能讓產業穩定發展，創造出更多就業機會。」

柊子說完，幾名小組學生露出了佩服表情。

「哦，妳查了不少資料嘛！」

「先別稱讚她了。現在的問題在於具體而言該怎麼做吧。」

「如果目的是讓花盛開，那讓植物誤以為當下的季節是春天就好了吧。只要設法提供足夠的光線，再控管溫度就可以了吧？說句殺風景的話，其實直接跑去四季櫻或子福櫻的生長地區是最快的。」

「可是，她們是為了那位正在住院的小姐，想讓醫院裡的櫻花開花，而且是盛開吧？到時不光得付巨額的電費，那麼大的裝置能讓我們搬進去嗎？考慮到成功的可能性與她剛才提倡的益處，從植物荷爾蒙這方面下手會比較好吧。」

「不不不，那應該行不通吧。盆栽植物也就算了，難不成要整棵櫻樹都使用開花激素嗎？」

「我最近讀過一篇論文，在探討花幹細胞的增殖與抑制。是誰寫的呢……」

學生們撇下柊子與夏海，熱烈地討論起來。看來柊子的如意算盤沒有打錯。

小川嘆了口氣，緩緩搖頭。

「……妳的理由還真是牽強。看妳這樣子，妳大概也不太了解自交不親和性跟養分資源收支這些基本名詞是什麼意思吧？妳只是隨口提出想法，但不論從技術還是從倫理層面來看，有太多問題都得去克服。」

小川雖沒有想幫忙的樣子，卻也沒有全盤否定。而且既然她說的是「得去克服」，代表並不是「無法克服」。

對柊子來說，只要明白這一點就夠了。

「也許吧。但是，我認為我們能提供的益處無可挑剔。就算無法實際應用，只要能夠確立基礎理論，對各位以及對大學來說，都是非常值得研究的一件事吧。」

這次誰也沒有開口說話，認真聽著中學生柊子的發言。

柊子立正站好，深深行了一禮。

「我們是認真的。我們不需要錢，也不需要名聲，只想讓我們心目中最重要的人，可以在冬天看見盛開的櫻花。為此我們已經做好覺悟，不管什麼事都願意做。」

夏海也站起來，和柊子一樣低下頭。

「拜託了，懇請各位幫幫我們。」

小川用手指摩挲下巴，語帶試探地問：

「我剛才都已經明白拒絕過了，妳們還是想來請我們幫忙嗎？教授或其他學生可能會說些更嚴厲的話喔？」

「沒關係。因為這所大學為植物學領域貢獻了許多成果。而且……」

柊子暫且打住，回溯記憶。她覺得是緣留在這副身體裡的記憶，給了自己勇氣。

「我不想要再總挑輕鬆的道路走，結果什麼也做不到。我已經因此犯下過無法挽回的過錯。此刻存在的東西，未必會永遠存在。所以我想做的事情，也必須現在就付諸實行，不能等到遙遠的以後。」

曾在這副身體裡的緣做得到的事情，沒有理由柊子辦不到。

而這就是柊子現在想做的，「最好的選擇」。

「各位對研究投注的強大熱情，我們深感敬佩。還請幫幫我們。」
柊子與夏海再次深深地低下頭後，長長的靜默籠罩在研究室裡。
最後，坐在正前方的小川有些自嘲地嘟噥說了。
「……唉，如果到了這地步還把妳們趕出去，反而是我會被人瞧不起吧。」
柊子與夏海猛地抬起頭來，互相對視。
似乎是敗給了柊子的不屈不撓，小川說了：
「好吧，我們同意妳們出入研究室，然後也會在能力可及的範圍內盡量協助妳們。這件事我也會告訴相關的校外專題小組與教授，說不定會有人感興趣。」
小川說到這裡停頓一下，露出壞心眼的笑容。
「不過，這條路可不輕鬆喔。因為沒有人知道正確解答。學問的世界不會因為妳們還是中學生，就對妳們特別寬容。知道了嗎？」
不需要她詢問，柊子與夏海早已決定好答案。
「是！」
「我們求之不得！」

「後來我們總算確立了理論，首先就是應用在這間醫院的櫻花上喔！為了申請許可、提交資料，前前後後費了好多工夫，但第一個實踐的例子，我們無論如何都想讓緣小姐坐在特等席參觀！」

「剛好今天就是櫻花盛開的日子，氣象預報還說今天會下雪，我們就覺得也許會發生某些奇蹟！然後緣小姐真的就在這時候醒過來，這絕對不是單純的偶然！」

柊子與夏海的每一句話，都深深撼動了我。

「啊……啊啊……」

她們本該是無憂無慮的中學生，這三年來不知經歷了多少艱辛。既要應付學校的課業，還得準備升學考試，焦慮與壓力不知有多麼巨大。

就只為了讓不過是普通人的我，看到這幕天堂般的景色。

「好厲害……太驚人、太漂亮了……真正的、在冬天盛開的花……我居然能在有生之年親眼目睹……」

超乎想像的美景，和其背後超乎想像的努力與心意。

我忍不住放聲大哭。

而且是完全不顧形象的嚎啕大哭，彷彿連心智年齡也變回了小孩。醫生、護理師與其他病房的患者，都好奇地從門外看進來。

不自覺間，我以為只是在等死的身體竟動了起來。

為了慰勞兩人三年來的努力，我使盡所有力氣，伸手抱住她們。

「這是我收到最棒的禮物了！妳們做得太棒了！」

「緣小姐……」

夏海感動地喃喃喊道，強忍了一會兒後，終究哭了出來。

柊子的淚水也讓我肩上的衣服溼了一片，同時她拚命向我道歉。

「緣小姐，真的很對不起……妳明明讓我明白了那麼多事情，卻因為我變成這樣……」

我更是用力抱緊兩人，希望能夠帶著她們的溫暖前往天堂。

然後我鬆開手，堅定地搖搖頭。

「妳別在意，我覺得現在這樣很好。與其只能健康地再活一小段時間，現在能夠看見盛開的櫻花，對我來說更有意義。」

如果當初沒有收下畫後笑得那麼開心的小女孩，那幅《冬天盛開的花》也不會誕生。

我若沒有畫那幅畫，柊子與夏海也許就不會成為好朋友，我與兩人也不會有任何交集。

如果沒有察覺到柊子渴望尋死，我多半會對真鴇採取不同的行動。那麼冬天的煙火與校園裡的光花，也將不復存在。而且就連這些也是因為我進入後來的公司任職，與同事還有上司建立起良好關係，才有可能辦到。

最後……也絕對沒辦法像現在這樣，看見真正的「冬天盛開的花」。

一切皆環環相扣，沒有任何一件事是無謂的。

不論是好是壞，我都由衷喜愛自己置身的這個世界。在短暫的人生中能夠發自內心這樣認為，這肯定是種幸福吧。

「柊子、夏海，謝謝妳們。能夠遇見妳們，反而是我得到了更多的安慰呢。我打從心底感謝妳們。」

我又哭又笑，盡情吶喊出內心的喜悅。

「我能夠來到這世上，真是太好了！」

醒來後，我的病情並未改善。

我的身體就連最基本的代謝功能也無法正常運作，甚至開始對腦部組織產生不良影響。主治醫生還說，其實我現在本該還在昏迷才對，但我目前儘管得坐輪椅，整個人的情況卻還不錯，對此他也頻頻納悶歪頭。他猜測可能是其他器官代替了無法如常運作的器官在補足功能，總之詳細情況我並不清楚。

雖然不能離開病房，但我還是能與訪客聊天，躺在病床上畫畫。為了隨時能夠迎接死亡的到來，包括家人在內我聯繫了許多人，說完想說的話。

我想柊子與夏海大概在期待著，我會就此奇蹟性地恢復健康吧。畢竟都體驗過了靈魂互換這種超常現象，不管再發生什麼事也不稀奇。

但我隱隱約約明白，這其實是我最後剩下的時間。也覺得應該要是這樣。

奇蹟有一次就夠了。我已經非常滿足，甚至無法承受更多。第二次的奇蹟，應該送給其他不被幸運眷顧的人。

所以我利用有限的時間畫了一幅畫。沒有餘力上色的我只能以鉛筆畫出草圖，但對我來說這樣就夠了。

我決定把這張草稿託付給霧島夏海。

「雖然我以前畫的那幅《冬天盛開的花》已經不在了……但我希望總有一天，夏海能完成這幅畫。妳曾經見過真正在冬天盛開的花，相信一定可以畫出比我還要出色的作品吧。」

柊子與夏海合力完成的「冬天盛開的花」，肯定會驚豔世人。雖然不能活著看見那一幕有些可惜，但想到畫作在我死後仍會留在這世上，我的心情便平靜到不可思議的地步。

我活過的證明不僅在回憶裡，還能化作實體保存下來。人生中還有比這更美好的事情嗎？

夏海接過草圖後，與柊子一起堅定有力地發誓。

「緣小姐，謝謝妳……！不管要花多少年，我們一定會完成這幅畫！」

「這次我會把這幅畫當作兩人一生的寶物！我向妳保證！」

柊子與夏海都哭得泣不成聲。總覺得自己老在惹哭女孩子，讓我感到有些過意不去。

但是，自己能夠成為他人這般重視的存在，我由衷感到欣喜。並且殷切期盼著，希望心地善良的柊子與夏海，能夠過得比我還要幸福。

醒來後過了一週，就在冬天盛開的櫻花悉數散盡之際。

我，赤月緣——在許多人們的注視之下，靜靜嚥下最後一口氣。

對著雪花的思念

赤月緣死後已經過了五年，十二月的某一天。

如今已是大三生的戶張柊子與霧島夏海拿著供奉用的花朵，前往某處墓園。

深灰色的烏雲布滿天空，天氣冷得像要將人結凍。儘管非常渴望窩在家裡的暖爐桌裡頭，但今天早已決定好是外出的日子。

每年冬天都要來緣的墓前上香，已是兩人的慣例。

夏海不停呼出白色氣息，張開嘴唇說話，試圖驅趕寒意。

「今天好冷喔。連地上的水窪也結冰了。」

「嗯，氣象預報還說今晚會下雪，明天可能會有積雪……嗯？」

柊子將臉埋在圍巾裡頭，在冬季冷清的墓園裡見到一道人影，訝叫出聲。

那是一名身穿高級黑色長大衣的女子。女子把手插在口袋，定定望著赤月緣的墓碑。一身裝扮看來有些像是喪服。
對女子的側臉感到熟悉，柊子靜靜走近，怯生生地呼喊。
「……淡河同學？」
聽到叫喚的淡河真鶉似乎完全沒注意到走近的腳步聲。她驚訝地轉頭看向柊子與夏海，然後面色不快地咂嘴。
「……嘖。」
現在的真鶉自然比中學時期要長高許多，美貌與秀髮的光澤也比當年更閃耀動人。不過，強烈到令人心生畏懼的眼神倒是一點也沒變。
只不過，柊子與夏海一點也不怕她散發出來的壓迫感。
「妳在這裡做什麼？」
柊子直率地問，真鶉哼了聲，揚起下巴示意緣的墓碑。
「我來親戚的墓前上香，只是剛好看到那個赤月小姐的名字，走過來看看而已。」
真鶉老樣子擺出盛氣凌人的姿態，但柊子不以為意地回道：
「挑十二月的時候來上香，真少見呢。」
「少囉嗦！我什麼時候在哪裡做什麼事，是我的自由吧！」

真鴇曉得赤月緣的存在，也知道她與柊子的靈魂曾經互換。

既已宣稱能與真鴇當朋友，柊子覺得自己有義務要告訴真鴇所有真相。夏海也能理解緣與真鴇之間有著難以劃清的緣分，贊成她說出真相——只不過曾補上一句說：「但我想淡河同學不會相信吧。」

後來柊子帶真鴇到醫院，坦白說出自己曾與緣交換靈魂的事情時，真鴇從頭到尾面無表情，表現得好像根本沒在聽。但是，既然她現在會來到緣的墓前，代表她相信柊子說的話吧。

無論真鴇的真實想法是什麼，這個事實讓柊子非常高興。

「淡河同學，謝謝妳。」

柊子突如其來道謝，真鴇困惑地皺起眉。

就連夏海也露出了疑惑表情，柊子露出爽朗的笑容接著說了：

「就是中學三年級那年，妳以匿名方式捐了一大筆錢給協助我們的專題小組。中學畢業前我問妳這件事的時候，妳始終不肯承認，然後我們就去唸了不同的高中，但我還是覺得只有可能是妳。當時要是沒有那筆資金，我們可能就無法在緣小姐去世前，成功實現『冬天盛開的花』了。真的很謝謝妳。」

真鴇中學畢業後，進入公立的升學學校就讀。柊子雖不清楚具體原因，但可以肯定「冬天盛開的花」一定是促使真鴇這麼選擇的契機。真鴇大概是與父母說好，她去就讀公立學校後，本要就讀私立高中所多出的學費請捐給那個專題小組……不過這也僅是柊子的猜測。

真鴇聳聳肩，一派事不關己地說：

「……我不知道妳在說什麼。大概只是某個有錢人為了節稅，臨時起意就捐了筆錢吧。所以我早說了，平凡人就是這麼悲慘又討人厭。」

語氣雖然刻薄，但柊子與夏海並未在她的話語中感受到惡意。可能是真鴇變了，也可能是兩人變了——多半兩者皆有吧。

接著換夏海問真鴇。

「淡河同學，我聽說妳在唸醫學系。妳以後不進父親的公司嗎？」

聽到這個問題，真鴇凶狠地瞥向夏海。

「怎麼？妳想說我沒有父母當靠山，就是一事無成的俗人嗎？」

「呃，我並沒有這麼說……」

雖說三人都變了，但真鴇似乎沒有想與兩人親近的意思。她盤起手臂，高傲地仰頭看向灰暗天空。

「淡河家沒有可以進入醫學界的人脈。這也就是說，我如果能在醫學界取得成就，等於證明了自己的實力。更何況……掌握他人的性命，稱得上是最強大的支配。親人負責在經濟產業界呼風喚雨，我則負責在醫學界鞏固地位，到時候兩邊合作起來堪稱無敵吧？」

「結果妳還是要靠父母嘛……」

「因為我是凡事物盡其用主義者。」

真鴇面帶邪惡笑容，臉不紅氣不喘地回道。

鬆開手臂後，真鴇背對兩人說了。

「關於導致赤月小姐喪命的代謝疾病，再過不久，我所屬研究室也參與的最新再生醫療研究就能找出療法。我今天就是來嘲笑把我耍得團團轉的赤月小姐，讓她知道自己死得有多冤枉。」

真鴇的話語雖然充滿嘲諷，但柊子與夏海一點也不生氣。

真鴇揮了揮手正要離開，柊子話聲開朗地叫住她。

「什麼啊，果然淡河同學是專程來找緣小姐的嘛。」

「啊！」

「……該怎麼說，想不到淡河同學有點少根筋呢。」

夏海用有些傻眼的語氣說出感想後，真鴇漲紅了臉回過頭來，伸出食指指著兩人。

「誰少根筋了！聽好了，我以後要是負責醫治妳們，一定會向妳們索取巨額的醫藥費，做好心理準備吧！」

話一說完，真鴇就氣呼呼地離開墓園。半路上她還被墓碑突起的稜角絆了一下，柊子與夏海全看得清清楚楚。

等到再也看不見真鴇，兩人不約而同發出輕笑聲。

「……呵呵。她沒有說會拒絕治療呢。」

「嗯。因為淡河同學也是被緣小姐改變的人之一呀。」

緣的墓碑前，隨意地橫放著一朵黃色三色堇。這是種非常耐寒，冬季也會開花的花。想也知道是誰放的。

柊子與夏海一起澆水、換了線香，把帶來的花朵插進花瓶。柊子帶的是香堇菜，夏海帶的是天竺葵。

這兩種花她們都選了粉色，意思分別是「希望」與「決心」。

「緣小姐。」

柊子蹲在墓前，閉上眼睛雙手合十，平靜地開始講述。

「其實之前向妳展現的『冬天盛開的花』，還沒有完全成功。因為櫻花對於催花技術產生的免疫反應有嚴重缺陷，結果隔年冬天就無法開花，就算再試著採用一樣的方法，還是遲遲無法成功……但是，那時候能讓櫻花開得那麼美麗，我相信一定是緣小姐與我們的心意所引發的奇蹟。嘿嘿，雖然那些地位高的人絕不會承認這種事。」

後來，柊子進入曾協助她們研究「冬天盛開的花」的大學就讀，夏海進入國立的美術大學。儘管走的道路不同，兩人依舊是最好的朋友。

柊子繼續報告近況。

「自那之後我們也持續在改良，研究成果終於在最近正式獲得認可，在學會上也備受矚目。現在也向農水省申請到了許可，預計很快就要真正開始實踐。聽說只要應用我們的研究成果，說不定能讓貧瘠的土地重新變得肥沃……那時為了出入研究室而隨口說出的理想，沒想到現在真的實現了，實在很嚇人呢。但是，一想到緣小姐的希望今後有可能拯救無數生命，我非常自豪喔。」

明確地化作言語後，柊子重新體認到自己重要的心情，不由得閉著眼睛微笑。

接著換夏海報告。

「緣小姐，對不起喔。妳給我的那張草圖，很多年來我都無法完成。因為在這世上，真的有太多人畫得比我還要好啊。雖然緣小姐大概會說，妳一點也不在乎畫得好不好……但對我來說，這張草圖的重要性可是僅次於我的性命與柊子。如果要畫，我不想輸給任何人，一定要畫到最好才行。」

夏海露出靦腆的笑容。長大以後，她不服輸的個性一樣沒變。

她假咳了一聲後，回到正題。

「然後，我今年在校內的比賽上得到了最優秀獎喔。畫家協會與贊助單位還跑來找我，我也開了個展呢。所以，我開始心想得讓更多人看到最好的畫，終於有了信心與覺悟可以畫那張草圖。」

夏海睜開眼睛，拿出智慧型手機，對著墓碑舉起一張照片。

「妳看。動筆的時候一切是那麼自然而然，連我都嚇了一跳呢。」

畫中是兩名少女在下雪天手牽著手，走在成排的櫻花樹下。

將在困難中萌生的希望，與重要的某個人共有。

夏海直覺認為，這幅畫才是緣真正想看見的景色。

柊子也探頭看向螢幕上的畫作，露出心滿意足的微笑。

「這幅作品畫得真好。真希望一輩子……不對，是真希望在我們死後，仍有人能好好珍藏。」

「嗯。就算有人出幾億日圓，我也不會賣給任何人。」

柊子與夏海互相對視，發出了開心笑聲。

這時，一抹白色碎片翩然地落在手機螢幕上。

仰頭一看，不知何時降下的真正白雪已將天空染成白色。

柊子拍拍裙襬站起來，夏海也跟著起身。

離開前，柊子伸出手，輕輕撫摸冰冷的墓碑說了：

「緣小姐，妳放心吧。妳傳承下來的希望，會一直活在我們心裡。」

一陣帶著沁涼寒意的北風吹過墓園。

冰點下紛飛起舞的雪花，此刻卻暖得不可思議。

國家圖書館出版品預行編目資料

生若冬花的妳 / こがらし輪音作 ; 許紋寧譯 . -- 初版 . -- 臺北市 : 臺灣角川股份有限公司 , 2021.01
面 ;　公分

譯自 : 冬に咲く花のように生きたあなた
ISBN 978-986-524-209-1(平裝)

861.57　　109018813

輕文學 Light Literature

生若冬花的妳

原著名＊冬に咲く花のように生きたあなた

作　　者＊こがらし輪音
插　　畫＊中村至宏
譯　　者＊許紋寧

2021 年 1 月 25 日　初版第 1 刷發行
2023 年 3 月 15 日　初版第 3 刷發行

發 行 人＊岩崎剛人
總　　監＊呂慧君
總 編 輯＊蔡佩芬
主　　編＊李維莉
美術設計＊邱靖婷
印　　務＊李明修（主任）、張加恩（主任）、張凱棋

台灣角川

發 行 所＊台灣角川股份有限公司
地　　址＊104 台北市中山區松江路 223 號 3 樓
電　　話＊（02）2515-3000
傳　　真＊（02）2515-0033
網　　址＊www.kadokawa.com.tw
劃撥帳戶＊台灣角川股份有限公司
劃撥帳號＊19487412
法律顧問＊有澤法律事務所
製　　版＊尚騰印刷事業有限公司
I S B N＊978-986-524-209-1